サーシャ＝
サルヴェニア
初代サルヴェニア子爵の孫。9歳の頃に父母をなくし、サルヴェニア子爵として領地経営を始める。
ガイアス＝
ガードナー
ガードナー辺境伯領の嫡男。15歳から18歳まで、王都にある貴族学園に通っていた。

主な登場人物
ダグラス＝ダナフォール
王国の外交官で一代伯爵。後にダナフォール侯爵となる。
カーティス＝ガードナー
ガイアスの父親。王国の南端にあるガードナー辺境伯領を治める辺境伯。
サイラス＝サルヴェニア
サーシャの叔父。初代サルヴェニア子爵の二男。
ウィリアム＝ウェルニクス
サーシャの元婚約者。ヴェスター＝ウェルニクス伯爵の三男。

プロローグ

私、サーシャ＝サルヴェニア子爵（齢十八歳）は、その日、すごくすごく疲れていた。

＊＊＊

九歳の頃に父母を亡くし、子爵家の最後の跡取りとして残された一人娘の私には、子どもとしての自由な時間は少なかった。

子どもとして——というより、人としての余暇が少なかった。

父母が亡くなるや否や、叔父が子爵代理となり、叔父家族がサルヴェニア子爵邸にやってきたけれども、叔父サイラスには領地経営のスキルもセンスもなかった。

ある日、叔父サイラスがあまりにのんびりと居間でくつろいでいたので、九歳の私は驚いて声をかけた。

「サイラス叔父さん、何をしてるの？　領内はこんなに仕事が積み上がってるのに」

「うん？　クビになったから、自分の時間を楽しんでいるんだよ」

「クビ⁉」

何やら、叔父サイラスはあまりにも仕事を混ぜ返すので、どの部署からも弾き出されたらしい。

「こ、こんな事態なのに！　子爵代理が、そんな……」

「私もな、面目ない限りだ。でもなぁ、できないものはできないんだよ。まあ、お前の資産管理だけはやるから安心しなさい」

へらりと笑う叔父サイラスに、私は唖然とする。

金髪に若草色の瞳。外見は、優秀で頼り甲斐のあった父と血を分けた弟そのものだというのに、この中身は一体どうしたことだろう。

当然ながら、私は憤って叔父を働かせようとしたけれども、なんと家令のグレッグに止められてしまった。曰く、叔父に任せるより、傀儡として子爵の私が上に立った方がマシということである。

こうして私は、叔父家族が横で散財しながら遊びほうける中、傀儡として子爵業を行うこととなったのである。

——と思っていたら、傀儡ですらなかった。

気が付けば普通に経営をやらされ、流石に子どもなので数年は矢面には立たなかったものの、業務内容を叩き込まれ、貴族令嬢らしい友人とのお茶の時間もなく、貴族の嫡子が通うという貴族学園に通う暇もなく、ただただ子爵家のために馬車馬のように働いた。

ちなみに叔父夫婦には、長男セリムと長女ソフィアという二人の子どもが居たが、彼らはなぜか貴族学園に通っていた。領主代理の子に過ぎない彼らは別に、今後の子爵家の経営に携わることもなく、領主としての社交もさして必要なく、学びの必要もないはずなのだが……。

私が十二歳を過ぎた辺りから、関係者達は、なんでも叔父サイラスを飛び越して私とやり取りするようになってしまった。目の前でヘラヘラしているだけの子爵代理と、質問に適切に回答し、対応していく子どもの子爵を見たときに、役立たずの子爵代理に話をする気にはなれなかったのだろう。

そして私は気が付いた。

うちの子爵領、民度が低い!!

実は、サルヴェニア子爵領は交通の便がよく、なんと小さな鉱山もあるのだ。

だから、税収は大きい。

しかし、交通の便がいいが故に、人の出入りが激しい。その結果なのか、地域に愛着がなく、権利主張の激しい住民が多かった。彼らは、領主に対する要求ばかりが大きく、その割に土地への期待がないので、協力を求めると逃げていく。やってほしい、やってほしいばかりで、やるべきことをやらない人が多い……。

また、鉱山周りで仕事をする者達は荒くれ者が多く、言葉も汚い。それだけならば慣れればよかったのだが、うちの鉱山の労働者達はモラルに欠けている者が多かった。だから、その半数程度は、こちらがどんなに公正に判断しても、望んだ結果にならなければ怒鳴り込んできたり、殴ろうとしたりする。

私は怖かった。

大の大人に怒鳴り込まれ、罵倒され、護衛に自分の身を守らせながら、そうするしかないのだと説明するのは怖かった。

事前に説明し、文書を送ったにもかかわらず、「聞いてない」と怒鳴り込んでくる鉱山発掘隊の長。

自分の町の要求を優先的に処理しないのはなぜだと、毎日遠隔通話を鳴らし続ける町内会長。

先日までこちらの丁寧な対応を褒めていたのに、要求が最終的に受け入れられないと知ると、人格否定をしながら罵倒し、前子爵ならこんなことはなかったと嫌味を投げつける弁護士。

事業への協力を求めたのに拒絶しておきながら、半年も経った後に、なぜその事業の進捗が遅いのかと怒鳴り込んできた商人。

みんな、子どもの私にそのように叫び散らして、思うところはないのだろうか。

自分の過去の行いを、恥じることはないのだろうか。

私は怖かったし、嫌だった。

わがままばかりの領民も、助けてくれない叔父サイラスも、のんきにお金を使うことだけを楽しんでいる叔父の妻も従兄弟二人も本当に嫌いだった。

けれども、私は必死に、自分の家の領地なのだからと踏ん張っていた。

十代ならではの正義感というのもあったと思う。

そして、一番支えになっていたのは、婚約者の存在だ。

領地が隣のウェルニクス伯爵家の三男ウィリアムである。

同じ年の彼は、金髪碧眼の見目麗しい美丈夫だ。

私は彼のことが好きだった。多分。

「多分」というのは、私の中で、相対的に一番幸せで平穏な時間を過ごせるのが、彼との面会時間だったからだ。

元々二カ月に一回、彼が王都の貴族学園に通うようになってからは半年に一回の面会日。

そのときだけは、私は年相応の笑顔で、彼の話に耳を傾けることができた。

私は同じ年頃の女の子達とは違う世界で生きていたから、私から彼に話せることはほとんどなかった。けれども、最近の流行や、友人達との出来事など、彼の話を一方的に聞いているだけで楽しかった。

彼は伯爵家の三男だから、私と結婚した暁には、子爵代理としてこのサルヴェニア子爵家の経営に加わることとなる。

きっと、彼と結婚しさえすれば、この状況も少しは改善されるのだろう。彼といるのは楽しかったから、少なくとも状況が悪化することはあるまい。

そう、思っていた。

けれども、今日、私の十八歳の誕生日。

元々、滑り出しから、あまり調子がよくなかったのだ。

何しろ、朝から家令にこんなことを言われた。

「お嬢様もこれで成人ですね。私も老体ですし、お暇をいただきたいものですな」

『おめでとう』よりも前にそんなことを言ってくる家令に、私が目を見開いて固まっていると、老齢の家令は慌てたように「冗談ですよ。おめでとうございます」と付け加える。

いつも入りびたりの執務室で朝食のサンドイッチを口に詰め込むと、私は眠い目をこすりながら、机の上の書類に目をやった。

未処理箱には、夜中にはなかったはずの書類が積み上がっている。

「……増えてる」

「はい。朝、統治部の文官達から上がってきた書類ですから」

「ちょっと、締切が今日のやつが三件もあるんだけど。しかも、もっと早く着手できたはずの内容だわ」

「統治部の文官達が過労で二人、傷病休暇に入りました。残った人材で処理をしているので、事務に遅れが生じています」

「追加の人材は」

「水道部と税務部から計五名ほど、統治部に異動させる候補を上げました。サーシャ様の許諾があれば異動させます」

「……いい、そうして。追加の人材募集は」

「常に掲げています」

「……」

人の出入りが激しく、気性の荒い住民カラー。業務量が多く、されども田舎の子爵領で名誉を得られない官僚募集。

人が集まらないのはおわかりだろう。

こうして、家令のお暇発言、人材不足に始まった今日の執務は、今日も今日とて最悪の内容だった。

理不尽な事務量に、理不尽な罵声。

まあ、そうはいっても、いつものことだ。

いつものこと、いつものこと、と念じながら、私は午後の廊下を歩く。

廊下を歩いていると、居間から笑い声が漏れている。叔父一家の声だ。今日はどうやら、従兄弟達が貴族学園から帰省してきているようで――彼らとは長く食事を共にしておらず、帰省の挨拶もないので、様子がわからない――家族の団欒を楽しむ笑い声が響いている。

現在、子爵代理の叔父は、対外的な来客時に同席する以外、なんの仕事も行っていない。ただ、子爵家のお金を使うだけのごく潰しである。けれども、未成年であった私に、彼を追い出す力はなかったのだ。

私は彼らの笑い声を聞きながら、ぼんやりと麻痺した頭のまま、廊下を通り過ぎた。

いつものこと。

いつものこと。

だから、私はまだ、大丈夫。

そんなことを思いながら、応接室へと向かう。

「サーシャ」

「ウィル」

応接室には、婚約者のウィリアムが待っていた。

優しげな笑顔に、いつも強張っている私の頬も、自然と緩む。

「来てくれてありがとう。せっかく長旅をしてくれたのに、半日も時間が取れなくてごめんなさい」

「ああ、それなんだけど、君はいつも忙しいだろう？　だから一時間くらいで僕は帰るよ」

「えっ」

笑顔で言われた言葉が頭に入ってこない。

私の誕生日は、祝ってもらえないのかしら。

「それはその、忙しい、けれど……」

「僕は今、貴族学園の冬休みなんだけどさ。父の領地経営を手伝ってみたんだ」

「そうなの？」

「うん。だけど、君のように疲弊することなんてなかったよ？」

「……それは、手伝い、だからでは？」

まだ学生で手伝いに過ぎないウィリアムには、ウェルニクス伯爵も、大した仕事は割り振らないだろう。

「何の仕事をしたの？」

「……書類整理とか」

「そう……」

「いや、関係者との面会にも同席したし、事業の進捗管理の会議にだって参加したんだ！」

「そうなの？　とてもいい経験をしたのね」

こういうときは、相手の言うことを否定しない方がいい。

長年のクレーム対応で染みついた反応で、なんとか返事をする。

手伝いと称して参加した学生と、責任を持ってやり遂げなければならない仕事をいくつも抱える事務官達では、その負荷は大きく違うのだが、今のウィリアムにそれを言うべきではないのだろう。

……けれども、ウィリアムは私の婚約者だ。これから、サルヴェニア子爵代理となるのだ。

なのに、なぜこんな甘いことを言うのだろう。

疲労も相まって、相手がウィリアムということもあり、結局私は、呆れた気持ちを表情で漏らしてしまった。

それに気が付かないウィリアムではない。

「……！　父も母も、ちゃんと週に二日は休みを取っているし、嫡子の長兄だってそうだ。君の働き方は、おかしい」

「……そうね」

「要領が悪いんじゃないか。もう帰るから、僕の切り上げた時間でできた余暇で、効率性について考えるといいよ」

そう言うと、ウィリアムは赤い顔をしたまま、部屋を出ていった。

私は呆然とした。

そして、頭の中でぐるぐると、今までに浴びたいろんな言葉、今のウィリアムの言葉、叔父一家の笑い声、家令の言葉が回転する。

効率。

効率とは。

私、なんでここにいるんだろう？

息をするのもやめてしまえば、とても効率的に、楽になるんじゃないかしら……。

気が付くと日が傾いていて、頬が濡れていたため、自分が応接室のソファで固まったまま、長時間泣いていたのだと気が付いた。

腫れているだろう目を拭い、廊下を自室に向かってトボトボ歩いていると、叔父一家の話し声が聞こえる。

「ウィリアム様、可哀想にね」

「そうだよ。あんなに優秀なのに、うちのボロ雑巾なんかと結婚だなんて」

「こら、そんなことを言ったらだめだよ、セリム、ソフィア」

自然と足が止まってしまった。

しかし、今の私の周りには侍女の一人も居ないので、なんの問題もない。

「だってパパ。髪もいつも一つに縛っていて、色気のかけらもないし、デート一つまともにできないのよ？」

「ウィリアム様、学園だと優秀でモテるんだ。いろんな女の子に誘われてはデートしてるみたいだし」

「……今のサーシャはアレだからなぁ。ま、学生の間は遊んでいても、うちに婿に来てくれるつもりはあるんだろう？」

「他に手頃な跡取り娘がいれば、乗り換えそうな気もするけどなぁ」

「うーん、それは流石に困るな。ウェルニクス伯爵に釘を刺しておくか……」

その後、叔父一家の話題はあっという間に別のものに移ったけれども、私は呆然と立ち尽くしていた。

なるほど、ウィリアムはきっと、貴族学園に通う、価値観の似通った女の子達の方がいいのだろう。元々私から気持ちが離れていて、だから、私の誕生日だというのに、おめでとうの一言もなく、怒りを抑えることもなく、自分を優先して、部屋を去っていった……。

頭がぼうっとする。

怒りも、悲しみも、頭と体を重くするばかりで、私を動かしてくれない。

いや、違う。

怒りと悲しみは、私をいつだって動かしていたのだ。

九歳の頃から、逃げようとする私の体を動かして動かして、そうして、とうとう、限界が来てしまった。

日の傾いた曇り空を見上げて、ふと、外に行きたくなった。

全部もう、要らないんじゃないかな？

私は執務室に戻って一通の手紙を書き、魔道具で内容証明のための魔法をかけ、蝋で封をして子爵印を押し付け、使用人に、今すぐ送付するよう申し付けた。

そして、使用人が去ると、小さな手持ちバッグに財布と子爵印、あとはいくつかの印鑑を入れ、使用人達の目を盗み、ふらふらと屋敷の外に出る。

ほぼ、着の身着のままで街まで歩き、銀行に辿り着き、お金を下ろした——サリエラ＝ライアットという名前で。

こうして、十八歳の誕生日に、私は家を出た。

ちなみに、手紙の内容はこうだ。

親愛なる国王陛下

サーシャ＝サルヴェニア子爵は、成人となった本日、子爵の地位及びサルヴェニア子爵領を全て国に返上いたします。

また、王命であったサルヴェニア子爵家とウェルニクス伯爵家の令息との婚約は、当家の子爵の地位の放棄に伴い、無効となりますので、ご承知おきください。

サーシャ＝サルヴェニア

追伸

国王陛下の忠実なる僕として、この手紙を破るのは一カ月後になさいますよう、注進いたします。

そしてその三カ月後、瞬く間に、交通の要所・サルヴェニア子爵領の主人、サルヴェニア子爵の失踪は、国土を走る大ニュースとして広まったのだった。

第一章　子爵の失踪

「サルヴェニア子爵が失踪だと!?」

その一報は、国王アダムシャールに、大きな衝撃を与えた。

「どういうことだ。サルヴェニア子爵には家族も居るだろうが、失踪してどうする！」

「陛下がおっしゃっているのは、子爵の叔父である、サイラス＝サルヴェニア子爵代理のことでしょう。今回失踪したのは、十八歳のサーシャ＝サルヴェニア子爵です」

「十八歳の娘の方か。失踪するとは、放蕩娘だったのか？　ウェルニクス伯爵の息子を婿入りさせて、領土は安泰のはずだっただろう」

「それが、その……」

宰相が、国王アダムシャールに一通の手紙を差し出す。

サーシャが書いた、子爵位返上の手紙である。

「なんだこれは！」

「彼女は、子爵家の維持も、ウェルニクス伯爵家との婚約も、なかったことにしたいようですね」

「十八の小娘が、我々の気も知らず……！」

サルヴェニア子爵領は、国の交通の要所だ。そして、小さいが鉱山もあり、希少なルビーの採掘で賑わっている。

その統治の難しさ故に、優秀な頭脳を誇るサルヴェニア子爵家がその管理を任されていた。本来であれば伯爵に爵位を上げてもいいところであるが、当の子爵家から『伯爵を拝領するほど領地を広げると破綻する』との声が上がったので断念したのだ。領地を広げず爵位だけを上げる方法も検討したが、他の貴族達によりその案は握り潰されてしまった。

その後、サルヴェニア子爵夫婦が事故で亡くなり、当時九歳の娘だけが残されたときは、子爵領の今後について国として悩んだものだ。

結局、亡きサルヴェニア子爵の弟であるサイラス＝サルヴェニア子爵代理が優秀だったため、子爵領の統治はつつがなく行われていると聞いている。放蕩娘は自堕落で、貴族の嫡子ならばほぼ全員が通っている貴族学園にも通わず、贅沢三昧の日々を過ごしているのだとか。そんな状況を憂えて、国王アダムシャールは念のため、未来の子爵代理となる優秀な男を見繕うべく、隣地のウェルニクス伯爵家の息子との婚約まで取り付けたのだ。

だというのに、肝心の跡取り娘本人が、サルヴェニア子爵家取り潰しを申し出てきているという。

「お待ちくださいませ！」

手紙を破ろうとした国王アダムシャールに、宰相の鋭い声が飛ぶ。

「なんだ！」

「その手紙、破り捨てるのは時期尚早かと」

「何がだ！　こんな小娘の戯言、不要であろうが！」

内容証明の魔法がかけられており、封筒は蝋で固められていた。王宮に着くまで、誰の目にも触れられず、開封権限のある事務官と、宰相、国王アダムシャールしかこの手紙の内容は見ていない。

破り捨てれば、なかったことにできる。

「追伸に、一カ月は待つようにと」

「放蕩娘の言うことを真に受けるのか」

「筆跡、内容を見るに、思慮のない者からの手紙とは思えません。破り捨てることはいつでもできます。その前に、まずはサルヴェニア子爵領の調査をするべきかと」

「……」

国王アダムシャールは、小娘へのいらだちと、宰相への信頼を天秤にかけ、手紙を机に置いた。

ホッと息を吐く宰相に、国王アダムシャールは命じる。

「一カ月だ。それ以上は待たん」

「承知いたしました」

こうして、国王アダムシャールは、サルヴェニア子爵家についての情報収集を開始した。

その一カ月後、手紙を破り捨てなかった自分を褒めた。そして何より、失踪前にこの手紙を発送したサーシャ＝サルヴェニア子爵に心から感謝した。

この手紙があれば、今のサルヴェニア家に、サルヴェニア子爵領を統治する権利がないことを主張できる。

つまり、この一カ月で、サイラス＝サルヴェニア子爵代理とその補助ウィリアム＝ウェルニクスがやらかした杜撰な事務を、全て無効とすることができるのだ。

◇◆◇◆◇

「サルヴェニア子爵が三カ月前に失踪した？」

黒髪碧眼のその男は、新聞を見ながら、眉根を寄せた。歳の頃は二十の半ば頃だろうか。豪奢な執務室で、椅子に背を預けながら、不快もあらわにその記事を見る。

『サーシャ＝サルヴェニア子爵（十八歳）、失踪』

『親族が探している。見かけた方は、ご一報を』

『ストレートの金髪セミロング、瞳は若草色』

「姿絵もないのに探せというのも大概だな。しかしまさか、子爵本人が消えるとは恐れ入った」

「サルヴェニア子爵領なら、珍しいことではないですがね」

「そうなのか？」

男は机の傍に立つ執事に目をやると、六十代の執事は頷いた。

「坊ちゃんはご存知ないでしょうが、あの土地は特殊なのですよ」

「坊ちゃんはやめろ」

「では何と申し上げれば？」

「……若旦那、とか」

「坊ちゃんがご結婚なさったら考えましょう」

苦虫をかみつぶしたような黒髪の男に、執事は素知らぬ顔だ。

この黒髪の男は、ガードナー辺境伯の嫡男、ガイアス＝ガードナーである。十五歳から十八歳まで貴族学園に居たとき以外は、基本的に、この南の端の辺境伯領にて生活していた。

ガードナー辺境伯領は、とにかく暑い。冬でも暖かい。海に面しており、日焼けは当然。何よりの問題は、暑すぎてドレスで着飾るのも難しいことである。

「こんな地に来てくれる、領地経営の知識のある賢い女性など居ない」

「別にいいではありませんか。可愛らしいお子を産んでくださる方をめとればそれでよいのです」

「……」

「うちの女性官僚の中から選ばれては？」

「もう少し、会話のキレと鼻っ柱の強さが欲しい」

「選り好みしていたら、あっという間にヨボヨボですよ」

「三十路を越える、くらいにしてくれ……」

ガイアスは、貴族学園で、上級クラスの上、特別クラスに居た。成績もよかったし、何より、辺境伯の嫡男であるガイアスは将来の辺境伯であり、貴族としての地位が高かったからだ。

当然、同じクラスの女性陣は、美しいだけでなく、上位貴族の妻となる、はたまた女性官僚となるような優秀な女性が多かった。領地経営の話一つをとっても、内容を理解し、新たな提案までしてくる知的な女性達。ガイアスは、彼女達と過ごす魅力に、囚われてしまったのだ。

しかし残念なことに、そういった女性達は、王都近くの貴族に嫁ぐか、王宮で働くことを望む者が多い。

三年間の学生生活で、甘いロマンスを体験することができなかったガイアスは、王妃級の知性を持つ女性への憧れだけを胸に、この常夏の辺境伯領に一人で帰ってきてしまったのである。

「母みたいに、『わかんなーい、すごいのね~』しか言わない女性は嫌なんだ」

「さようでございますか」

「そこそこの知識のある女性は、身支度にも気を遣っていることが多い。日焼けの危険のある、ドレスを着られないこの辺境伯領には、来たがらない……」

「さようでございますか」

「誰か居ないか？」

「……」

「……爺？」

「それよりも、サルヴェニア子爵領の話でしたな」

目を逸らす執事に、ガイアスは怪訝に思いながらも、続きを促す。

「あそこは交通の要所で、人の出入りが激しく、住民の気性も荒いのです。ですから統治者にとっては難所で、先々代のサルヴェニア子爵が着任するまでは、短期間で領主が代わり続け、治安が乱れて手がつけられなかったのですよ」

「へぇ」

「逆に、あの地が落ち着いたことで、この国の経済レベルは一気に上昇しました。前子爵が倒れたときに、これからどうなるかと、国中が固唾を呑んで見守っていたものです」

「結局、どうなったんだ？」

「前子爵の弟の子爵代理が立て直したということですよ。子爵本人は、当時九歳の娘でしたからね」

「その娘が、成人するや否や、失踪したと。……探さなくていいんじゃないか？」

失踪宣告で死亡扱いにすれば、その前子爵の弟とやらが子爵となる。子爵代理からの出世だ。

実態に形が伴うだけなのだから、問題ないだろう。

「それが、どうも様子がおかしいようです」

「うん？」

「子爵が失踪してからというもの、子爵領内から官僚の流出が止まらないようなのですよ」

「へぇ……」

悪い顔をするガイアスに、執事は咳払いする。

「坊ちゃん」

「わかったよ。手は出さない」

「覗きにいくのもだめです」

「それは親父次第だな」

「……」

「父上次第だ。俺の一存じゃ決められない」

嫡男とはいえ、まだ結婚もしておらず、父の辺境伯が現役のガイアスは、こういった火種になりそうな問題の情報収集に、領内各地に出かけることもある。そして、ガイアスはそういったお忍びを好んでいた。その行き先が領地の外であれば、心躍っても仕方あるまい。

執事がため息を吐くと、ガイアスは執事に向き直った。

「それでさ」

「はい」

「俺の妻候補は、どんな子なわけ？」

楽しそうなガイアスに、執事は嫌そうな顔をする。

「爺」

「身元調査ができていませんので、秘密です」

「爺は俺を結婚させたいのか、させたくないのか」

肩をすくめるガイアスに、執事はため息を吐いた。

「多分、坊ちゃんの好みだと思いますよ。会えばイチコロです」

「うんわかった。今すぐここに呼ぼう」

「ですからだめです」

「爺」

「だめです」

こうして、すったもんだの末、ガイアスは半月前から辺境伯領で文官として働いている、金髪緑目十八歳の娘の存在を聞き出したのだ。

第二章　出会い

サリエラ＝ライアットは、その日、悩んでいた。

『サリエラ＝ライアット』――彼女が存在し始めたのは、ちょうど三年前のことだ。

疲労困憊のサーシャ子爵が、なんとはなしに戸籍を作り、自分の預金の別口座を作ったことで生まれた、架空の女性である。

そのときは、何か壮大な目的があって作ったものではなかった。

収入は多いとはいえ、叔父一家が馬鹿みたいな勢いで子爵サーシャの資産を食い潰そうとするので、彼らからの目眩ましのために、別人名義の口座を作ったのである。要するに、貯蓄のための別口座、というやつである。

しかし、こんなふうに、家出の役に立つとは！

サリエラは、過去の自分の功績に、満足げに頷く。

彼女は二カ月前、サルヴェニア子爵家を家出し、それだけでなく、サルヴェニア子爵領をも旅立った。

行く先にあては特になかった。

基本方針があるとしたら、おそらく追手がかかるだろうから、子爵領やその近隣からは離れなければならないということくらいか。

遠くとなると、国外が望ましいように思うけれども、国外は言葉や慣習が違う。サリエラは隣国語も話すことができたが、見本のような綺麗な言葉遣いしかできないので、隣国の田舎や国境付近でうろついていたら、言葉の綺麗な外国人としておそらく目立ってしまうだろう。

行くとしたら、国の端、辺境伯領辺りか。しかし、辺境伯領といっても、国の端にある領地は一つではないのだから、選択肢は少なくない。

はて、どうしたものか。

そんなわけで、サーシャは棒倒しに自分の命運を懸けることにした。

木の棒は、南に倒れた。

「うん。じゃあ、南に行きますか」

こうしてサリエラは、国の南端、ガードナー辺境伯領に辿り着いたのである。

一カ月半の旅路を乗り越えたサリエラは、冬の終わりの海辺で、子爵時代では考えられないような薄手の気軽な服で過ごした。

夏は耐え難いほど暑いというガードナー辺境伯領の海辺は、二月の今、程よく涼しく、過ごしやすい。

サリエラはそれから一カ月ほど、何もしなかった。なんだか頭がぼんやりして、やる気が起きなかったのだ。今まであったことも、これからのことも、何も考えなかった。そうでないと、自分が壊れてしまいそうだった。

そうしてぼんやりと過ごすサリエラに、海辺の暮らしはとても優しかった。

若く慎ましやかな彼女を、住民達は快く迎えてくれた。

辛い香辛料の効いた食べ物が多かったが、サーシャの舌には好ましく感じられたし、実家のある子爵領と違う場所に居ることを実感できて、食べるたびに安心できた。

そして、ある日思い立ったように、そろそろ働こうかと思い至った。

海辺の生活を維持したい。

このままここで暮らしていきたいと、そう思ったのだ。

苦しかった思い出を、頭からようやく追い出したということもある。

子爵領を出て二カ月、頭に霞がかかったように、昔のことを上手く思い出せないが、その方が体の調子がよかったし、特に気にならなかった。きっと、『サーシャ』と共に死んだ心が、『サリエラ』として生きようとしているための反応だと、サリエラは理解することにした。

ちなみにサリエラは、訳ありの身の上なので、結婚は諦めていた。

けれども、このまま穏やかな暮らしを続けていけたら……。

（…………。お金が、足りない……）

サリエラの懐事情は、このまま一生、自堕落な生活を続けることを許してくれなかった。

手持ちは決して少なくはなく、あと十年くらいは暮らしていけそうだが、生涯生きる分に足りるかとなると話は別だ。職を見つけなければならない。

サリエラは考えた。

細身で身長はそこそこで非力。愛嬌がなく、髪の手入れも適当、身を飾ることに興味がないサリエラに、できる仕事……。

そう思っていた矢先に、街の掲示板に貼ってある募集が目についたのだ。

『ガードナー辺境伯領の事務官募集！　経理のできる文官を求めています！』

「文官……」

サリエラは一日、悩んだ。

経理はできる。なんなら、領地経営まで——効率は悪いかもしれないが——お手のものである。

しかし、また統治に関わる仕事をするのか。

やはり、カフェの給仕程度にするべきではないのか。

そう思い、サリエラはすぐさま、頭を横に振る。

実は、カフェの給仕なら旅の途中で数日間ほどやってみたのだ。しかし、「お前さんの笑顔はドスが利いているから、カフェには向かないよ。居酒屋にしな」とオーナーに言われてしまったのである。カフェで働くのは難しそうだ。

なお、居酒屋は嫌だった。また罵声や男性の野太い声の飛び交う現場で働くのはごめんだ。

結局、サリエラは悩んだ末、文官に応募し、見事合格してしまった。

経理部の新人として勤め始め、数日でなぜか先輩職員と同じ量の業務を背負わされ、しかし、子爵時代に比べたらまだまだ余裕があるので、書類の場所や慣習を習いながらも、サクサク仕事を終わらせて、定時には帰宅する。


ある日、お昼のサンドイッチを領主城の庭園で頬張っていると、どこかの上官と思しき老人に話しかけられた。

「あなたはもしかして、経理部に入ったばかりの新人さんかな？」

「はい。サリエラ＝ライアットと申します」

「そうですか。私は、そうですね、ジェフリーとお呼びください」

「……とても立場が高い方でいらっしゃるようにお見受けいたします。私などがそのようにお呼びするのは……」

「ふふ。そういった機微がわかってしまわれるのですね。……いえ、私も今は休憩時間なのですよ。だから、ただのジェフリーです。そのように扱っていただけると助かります」

「……わかりました、ジェフリーさん」

「ありがとうございます」

こうして、サリエラはジェフリーとたまに、昼を共にしながら話をすることとなった。

ジェフリーの話題は、多岐にわたった。

辺境伯領の名物から、住民の傾向、流行に敏感かどうか、経済的な発展性、他の領地と比較したときの税率の程度。

サリエラは、なぜ私とお昼時にそんな難しい話をしたいんだろうなあと不思議に思いながら、淡々と言葉を返していく。

ちなみに、経理部に居ると、支出に絡めて様々な事業の予算に関する話をすることが多い。新人のサリエラは簡単な支出処理の担当であって、予算配分を決めるのは組織中枢部のエリートの仕事だけれども、内容を見ていれば、ざっくりとだが、このガードナー辺境伯領において重要視されている事業がわかるというものだ。

そして、このジェフリーの話を聞いていると、予算の数字を見るだけで、いつのまにか事業の内容が頭をかすめるようになってしまった。

なんだか、嫌な予感がする。

これは多分、あれだ。サルヴェニア子爵家の家令が、九歳の私にやったやつと、同じもの。領地経営について、それとなく知識を増やしていく、あれ。

領主城の中庭のベンチで、頭を悩ませながら、サリエラは呟く。

「うーん、そろそろ逃げるかな」

「どこへ逃げるんだ？」

「わぁ！」

サリエラが声を上げると、声を上げられた方は肩をすくめた。

彼女は慌てて、声のした方、後ろを振り向く。

声を上げたことを、謝ろうとしたのだ。

けれども、口から出てきたのは、もっと失礼な「げっ」という声だった。

「おいおい。『わぁ』はともかく、『げっ』は令嬢から出ていい言葉じゃないだろ」

「そうですね、そう思います、私はその程度の女なんです。本当にすみませんでした、それでは失礼します」

「ちょっと待った。俺はお前と話がしたくて声をかけたんだが」

「そうでございますか。しかしながら、不敬な声を上げてしまった私は、閣下に相当不快な思いをさせてしまったことと存じます。これ以上お目汚しすることはできませんので、失礼いたします」

「ふーん……なるほど、お前、俺の正体がわかっていて、そういうことを言うわけね」

　気が付くとサリエラは、中庭のベンチに座ったまま、その男に両脇に手を突かれ、なんとも逃げ出すことのできない状況に追いやられていた。男の顔は、なぜかサリエラの至近距離にある。サリエラはなんだかんだいつも護衛に守られていたので、こんなふうに男に距離を詰められたことがない。しかも、相手は間違いなく権力者。しがない事務官のサリエラはおそらく、何をされても文句の言えない立場だ。

　涙目でぶるぶる震えながら睨みつけているサリエラに、男は、獲物を見つけた狼のような顔で、ニヤリと笑った。

「逃げられないのはわかるだろ？　ちょっと付き合え」

「嫌です」

「ああん？」

「……」

そのままサリエラは、引きずられるようにして、男の執務室まで連れていかれた。というか、必死に踏ん張って抵抗していたら、本当に引きずられた。そして、それを見た男は、けらけら笑いながら、抵抗するサリエラをあっという間に横抱きにして、執務室に連れ込んだのである。

黒髪碧眼で、よく日に焼けた肌、居丈高で、歳は二十代半ばぐらい。この領主城にいて、片耳に辺境伯の文様を刻んだピアスを揺らしている男ときたら、候補は一人しか居ない。

ガイアス＝ガードナー。

自由奔放な、このガードナー辺境伯領の次期領主に、サリエラは目をつけられてしまったのだ。

◇◆◇◆◇

ガイアスは、一目見ただけで、サリエラを気に入った。

小柄な体に、一つに結ばれたストレートの金髪、若草色の瞳は親しみやすく、何よりその顔は非常に可愛らしい。

着飾ってはいないが、着飾ればかなりの美女になる。

美人の原石、しかも自分の魅力に気が付いていない様子なのが、ツボに入った。自分の女として磨きあげたい男心である。

そして、話をして、さらにサリエラを気に入った。

減らない口、会ったこともないガイアスを即座に次期辺境伯と判ずる知識と知恵、男慣れしていないそぶり、何もかもがガイアスの心を捉えた。

要するに、どちゃくそ好みだったのである。

それに、気になることもある。

「私にご用がおありでしたら、上司と共に参ります！」

「仕事の話じゃないんだがな」

「業務命令でないなら、退室いたします」

「業務命令ってことにしてもいい」

「ガイアス卿！」

「何をそんなに逃げる必要がある？　少し話をするだけだ」

サリエラには、逃げる必要しかないのだ。

ガイアスに目をつけられても、サリエラにはなんのメリットもない。デメリットしかない。

サリエラがサーシャ＝サルヴェニアだとバレた場合、実家や王家に告げ口されるだろうし、身柄を拘束されるに違いない。

そうではなく、気に入られて出世するのであっても困るのだ。何やら、ジェフリーという高官と思しき人物がサリエラを気に入っている様子で、統治部に呼ばれる気配をひしひしと感じているが、今のサリエラは支出担当の経理以外のことをするつもりはない。

警戒するサリエラに、ガイアスは使用人に命じて、茶を出した。

「どういうおつもりですか」

「いや、な。暇だから話に付き合え」

「私は業務を抱えています」

「俺が許す」

「……」

結局、サリエラは諦めた。

というか、茶に添えられた菓子に釣られた。

サリエラにとって、子爵家での数少ない楽しみがお菓子だったのだ。しかし、旅をし、こうして平民として働く中、頻繁に菓子を楽しむことはできない。

そんな彼女の目の前に置かれた、キラキラと艶めくフルーツタルト。鮮やかに輝く、甘味の宝石箱……。

「なるほど。好きなものは甘味な」

「はっ」

目の前の男を仏頂面で警戒していたはずのサリエラは、気が付くと幸せいっぱいの笑顔で、もりもりタルトを頬張っていた。

失笑するガイアスに、サリエラは我に返り、頬を真っ赤に染める。

「失礼いたしました！」

「いや、食えと言ったのは俺だ。そんなに美味しそうな顔を見られるとは思っていなかったが」

「……！」

「あんた、どこから来たんだ？　この辺の者じゃ――というより、平民出身じゃないんじゃないか」

お茶のカップを手に取る動作一つとっても、サリエラの仕草は洗練されている。幼い頃から無意識に叩き込まれているやつだ。

「そうですね、奴隷出身です。……と言ったらどうするんです？」

「まあ別にどうもしないが」

「まあ、奴隷の方が後腐れがないですものね。どこぞの貴族やその一族だった方が、後々面倒でしょう」

「それで、お前はそうなんだろう？」

「いいえ？　どちらかというと奴隷でしたね。仕事の奴隷」

「あー、あんた仕事できそうだもんな。言い得て妙だ」

「効率について考えろと言われた役立たずですよ」

肩をすくめるサリエラに、ガイアスはくつくつと笑う。

「それを言った奴は大した自信家だ」

「……もう仕事に戻っても？」

「いいよ。邪魔して悪かった。後で経理部長には根回ししとこう」

ぱちくりと眼を瞬くサリエラに、今度はガイアスが肩をすくめる。

「なんだ、仕事に戻れなくしてやろうか？」

「――失礼します!!」

ガイアスの笑い声を背に、サリエラは脱兎のごとく彼の執務室を飛び出した。


こうしてよくわからないままに、サリエラはガイアスから解放された。

なんだか拍子抜けしながら、トボトボと経理部へ戻るべく廊下を進む。モヤモヤと心の霧が晴れず、首をひねるサリエラは、ふと気が付いた。

先ほどの男、強引さはまさに貴族そのものであったけれども、なぜか、今までと勝手が違う気がしているのだ。

『俺がここまでしてやってるのに』

『お前が全部やったんだろう！』

『なぜ言うことを聞かない』

『――要領が悪いんじゃないか』

ふと、自分の手が震えていることに気が付いて、両手を胸元で握りしめる。

今まで、サリエラの周りに居た力を持つ男達はみんな、彼女に何かを求め、非難してくる者ばかりだった。

思うとおりにいかないと、罵倒する商人。頼んでいないのに、労を取ったことを恩に着せてくる弁護士。命令とばかりに要求を押し付ける鉱員。そして、貴族の元婚約者。

『いいよ。邪魔して悪かった』

ガードナー辺境伯の嫡男。

通称辺境伯と呼ばれる侯爵家を継ぐ黒髪の男は、権力者としての強引さはあったものの、最終的には、『仕事に戻る』という彼の意に沿わないサリエラの要求を、あっさりと受け入れた……。

自然と足が止まってしまったサリエラは、考え込んでいる自分に動揺する。

(……別に、それが何という、わけ、でも)

サリエラは、妙なむず痒さを感じながら、頬を両手で軽く叩くと、足早に経理部へと急いだ。

◇◆◇◆◇

「よぉ。また中庭で食ってんのか」

「……閣下」

ゲンナリした顔で迎えるサリエラに、ガイアスは朗らかに笑う。

確かにガイアスは、初対面のあの日、サリエラをすぐに解放した。

しかし、解放されたと思ったのも束の間、次の日からこのガイアスという男は毎日、中庭で昼食を摂るサリエラの元にやってくるようになってしまったのだ。

「次期辺境伯閣下は、そんなに暇なんですか」

「時間を捻出していると褒めてくれ」

「しがない事務官をからかうためにこんなふうにお力を注ぐことができるなんて、素晴らしい暇具合です」

「それほどその事務官に価値があるとは思わない？」

「上司のご令息が、下々の減らず口を聞くことに価値を感じる被虐趣味の持ち主だとは考えたくないんですよ」

「ガードナー辺境伯領の領都で大流行のパン屋のクリームパンがここに」

「ありがとうございます」

「……」

「ありがとうございます」

若草色の瞳が、目の前でカサカサと揺らされるクリームパンの袋にくぎ付けになる。

サリエラが悔しそうに唇をかみながら、「ありがとうございます」ともう一度言うと、ガイアスはケラケラ笑いながらクリームパンを彼女に渡した。

サリエラはしっかりと受け止めた。甘味に罪はないのである。

「二時間並ぶパン屋のクリームパン……！」

「あんた、本当に甘いものが好きだよな」

「砂糖は正義です」

「砂糖といえば、ここ数年でとうきびの品種改良が進んで、寒さに強くなったよな」

「はい。おかげで北部や東部でも砂糖の値段が下がって、お菓子屋が張り切っていましたね」

「なのに、王都と西部の砂糖の値は下がっていない」

「北部東部と、西部、王都の交通の要所は異なりますからね」

「ふーん。当たりがついているのに黙ってるのか」

「気が付く人は既に気が付いています。手を下すべき人がなんとかするでしょう。そしてそれは、ガードナー辺境伯家の方々ではないでしょうね」

「まぁな。本当に、いいバランス感覚してるよ。……あんた、俺に有能ぶりを見せてどうするんだ？」

ハッと我に返るサリエラを、ガイアスは興味深そうに眺めている。

ガイアスの言うとおりだ。

彼はおそらく、サリエラのことを知るために、こうして毎日話しかけに来ている。彼はサリエラに期待しているのだ。そして、その期待に応えることは、おそらく、今のサリエラにとって望ましくない。

それがわかっているというのに、一体何をしているのだろう。

「……生意気だと思われた方が近寄ってこないかと」

「生意気か？　もっともな考察だと思ったが」

「そのような評価をするのは、よほどのお人よしか、物好きのようですよ」

「まあ、物好きなことは否定しないな。あんたが夢中で話をしているのを見るのは悪くない」

「失礼します！」

顔を赤くして慌てて立ち去るサリエラを、やはりガイアスは笑うばかりで、止めなかった。

サリエラは、妙に鼓動の早い心臓に戸惑いながら歩を進める。

ガイアスとの会話の内容は多岐にわたる。国の情勢から美味しいパン屋から、王都の流行、隣国の特色まで、なんでも話をした。そして、どの話題であっても、阿吽の呼吸で返事がくるのは心地よかった。

そんなふうに話をする日々が続くものだから、サリエラの胸のうちに燻るむず痒さは、その程度を増していく。

（…………困る…………）

何がどう困るのか、向き合うことはできなかったけれども、とにかく困るのだ。

そういえば、そろそろ経理部でも噂になっていて、やりづらいことこの上ない。うん、困る。

間違いなく、非常に困っている。


そう頷くサリエラの元に、今日も今日とて、黒髪の男は現れる。

男は、思わず嫌そうな顔をしたサリエラを見て、目を丸くした後、ケラケラと笑った。

「まあそんな顔せずに付き合えよ。ここに戻ってから、話の合う女が居ないんだ」

「選り好みしすぎでは？」

「それはまあ、そうだ」

「大体、私達、話が合ったことあります？」

「俺は鼻っ柱の強い、頭のいい女が好きなんだ」

「毎日夫婦で嫌味の応酬でもしたいんですか」

「夫婦とは気が早い」

「私とあなたのことじゃありません！」

「あんた、初心だよなぁ」

ガイアスは楽しそうに笑う。

その笑顔があまりにも優しくて、サリエラには眩しすぎて、彼女は思わず目線を下げた。

すると、ふと頬に手が回ってきたものだから、サリエラがギョッとして顔を上げると、澄んだ空色の瞳と視線が合った。

「何を怖がってる？」

「何、を……」

「あんたの言葉はいつだって、あんたを守ってる。中に踏み込ませないよう、外側に必死に話を逸らしてるだろう」

ギクリと背筋に緊張が走った。

サーシャであることを辞めた彼女には、過去がない。自分のこと、内面のこと、やりたいこと、望むこと。意識的にそれらの話題を避けていただけでなく、実際に話せることがほとんどない。

そして、彼女を知りたいと近づいてきた彼が、これだけ敏いこの男が、そのことに気が付かないわけがない。

「なんだかんだ楽しそうに話をする割に、なぜ俺を避ける？」

「それは……」

「人間、生きていれば隠したいことの一つや二つあるだろうさ。ただ、俺はあんたが怯えているように見えるのが嫌だと思っている」

真っすぐに見据えてくるその青色から、サリエラは目を逸らしたかった。けれども、さらりと金糸を手に絡めながら、耳に触れるその手が、身動きを許してくれない。なんとかこの場を躱さないといけないというのに、目が潤んで、心臓がバクバクと跳ねて、全然冷静でいられない。

「だからな、俺は……」

「――か、隠してる、わけ、じゃ」

「うん？」

「わ、私は……ガイアス様と、いろんなことを話すのが、楽しかった、だけ、で……」

自分でも何を言っているのだろうと思う。言っている内容だけでなく、目は泳いでいるし、顔は赤くて、きっとみっともないことになってしまっているだろう。

しかし、なぜだか効果は絶大だった。

目の前の彼の動きがピタリと止まり、それだけではなく、その美しい顔が、ジワジワと赤く染まっていくではないか。

「……？　あ、あの……」

「……あんた、覚えてろよ」

「失礼します!!」

結局、サリエラは今日も今日とて、脱兎のごとくその場を逃げ出した。

そしてそれだけではなく、本当に逃げる決意を固めた。

もうこれ以上、ここには居られないと思ったのだ。

実のところ、毎日中庭で話をしているうちに、サリエラはガイアスとの時間を楽しみにするようになっていた。先ほど口から洩れたあの言葉は、別に嘘ではなかったのである。

言葉や態度は雑だったけれども、いつだってガイアスはサリエラの言葉に耳を傾けていた。意見が違っても、頭ごなしに否定しないし、彼女の考えを尊重してくれる。大人の都合に巻き込まれ、利用され、働かされてきたサリエラにとって、ガイアスの彼女に対する態度は、乾いた土に水を撒かれたような、とても貴重で、嬉しいものだった。

そして何より、彼からは、サリエラのことを彼女の秘密ごと受け入れようとする気配が窺える。

――だから、まずいと思ったのだ。

(これ以上は、ドツボにはまるわ)

ああいうのは、詐欺の手口だ。サリエラは知っているのだ。彼らは、優しく迎え入れる空気で人の気を和ませた上で、カモから必要な情報を引き出すのである。明らかに怪しく、秘密を抱えていそうなサーシャは、格好のカモであろう。

それだけではない。サリエラはそもそも、ガイアスを自分の事情に巻き込みたくなかった。彼を困らせたくない。何より、失望させたくはない。

そう思っている時点で、既にドツボにはまっているのだが、それに気が付かないサリエラは、仕事の引継書をこっそり作り、家の荷物をまとめ、週末に家を出た。辞表は、申し訳ないけれども郵送で送ることにした。そして、日の高い中、ちょっと旅に出ますよーという体で、乗り合い馬車の順番を待つ。

ふと上を見上げると、空は晴れ渡っていた。南の地の空は澄んだように青く、それがなんだかあの男の瞳の色のようで、じわりと視界が歪んだサリエラは、慌てて地面に視線を落とす。

サルヴェニアの地を去るときですら、誰かに会いたいと思ったことはなかった。

だというのに、あの強引な男は、最後の最後までサリエラを悩ませてくる。

そう思って再び視界が歪んだところで、体をひょいと抱え上げられた。

「えっ、なっ、何っ!?」

「やっぱりな」

「ガイアス様!?　なんでっ……離してください！」

「ここでするような話じゃないと思うけどな」

「そういう意味の『はなして』じゃありません！」

驚くサリエラに構わず、ガイアスは彼女を肩に担いだまま、自家用馬車の停留所の方へと向かっていく。

乗り合い馬車を待っていた面々は皆一様に目を丸くしていたけれども、ガイアスが誰なのか知っているのだろう、誰も彼の行動を止めることはなく、サリエラは彼の乗ってきたお忍び用の馬車に詰め込まれてしまった。彼女の荷物は、侍従達がそれとなく荷台に運んだようだ。

馬車の中で怯える彼女を座席の奥に追い詰めながら、ガイアスはため息を吐くように言った。

「そろそろ逃げると思ったから、見張らせてた」

その責めるような青色の視線に、サリエラはうっと息を呑む。

「なんで、その、逃げるなんて」

「実際これだろ？」

「ちょっとした旅行です！」

「休暇申請もせずに？」

「日帰りで」

「それにしては大荷物だな」

「女性の荷物は多いんですよ」

「そうか、じゃあ俺が運んでやろう」

「いい加減にしてください」

「サーシャ」

サリエラは、ビクッと体を強張らせる。

「失踪中の、サーシャ＝サルヴェニア子爵。あんたのことだろ？」

「……違う」

「そんな顔して、違うも何もあるもんかね」

青ざめた顔のサリエラに、ガイアスは今度は本当にため息を吐いた。

「私を、引き渡すの？」

「ん？」

「連れ戻すくらいなら、ここで殺してほしい」

「そいつはまた物騒だ」

うーん、と頭をかくガイアスに、サリエラは耐えきれなくなり、はらはらと涙をこぼした。

それを見たガイアスは、ギョッと目を剥いて慌てふためく。

「いや、待て。そうじゃない、落ち着け」

「……」

「とりあえず、話を聞きたい。何があった？」

「……」

「なあ。事情がわからなきゃ、あんたを庇えない」

パチクリと目を瞬くサリエラに、ガイアスはすねたような口調で、「ったく、信用ねーな」

と独りごちる。

「庇うつもりなの？」

「内容次第だがな。ま、あんたのことだ、大した悪さはしていないだろう」

「なんで？」

「ん？」

「ガイアス様には、関係ないでしょう？」

「関係あるさ。惚れた女の進退に関わる話だ」

「ほ、惚れ……え!?」

想定外の言葉に動揺を隠せないサリエラに、ガイアスはつまらなさそうな顔をする。

「なんだ。あんたまさか、気が付いてなかったとでもいうのか？」

「な、何を」

「……あんた本当にこういうの、慣れてないんだなぁ」

「えっ、で、でもだって、秘密を聞き出すための手口かなって……あの、嘘よね？」

「なんでこんな嘘を吐かなきゃならない」

ぐい、と至近距離に寄ってこられて、サリエラは壁際ギリギリまで体を寄せるけれども、馬車の中なので逃げようがない。

慄くサリエラに、ガイアスは獲物を捕まえた狼の笑みを浮かべる。唇を指でなぞられて、サリエラは体に火がついたみたいに恥ずかしい。

「ちょっと、離れてください！」

「俺はあんたが好きだよ。その鼻っ柱が強いところも、口が達者なところも、そういう慣れてないところも」

「……そんなこと、急に言われても」

「急じゃないと思うが」

「私、だめです。逃亡中だし、ガイアス様にふさわしくないから」

「へぇ。別に嫌ってわけじゃないんだな」

揶揄うような口調に、サリエラは顔を真っ赤にすることしかできない。

悔しくて、いろいろと言い返したくて仕方がないのに、そんな彼女を、目の前の男はなんだか大切なものを見るような目で見つめてくるものだから、いつもの憎まれ口が飛び出してくれないのだ。

「俺にふさわしいかどうかは、俺が決めるさ。周りが邪魔するなら、排除してやる。周りだけじゃない、あんた自身もそうだ。勝手に俺を信用せずに逃げ出すっていうなら、全力で邪魔してやる」

「ぼ、暴君！」

「あんたが心配事なく俺の傍に居ることを選ぶまで、お膳立てしてやってるだけだ。環境が整うまで待ってやるなんて、本当に善良な権力者だと思わないか？」

「自分で言うことですか！　そして結局、私に選択肢がないですよね⁉」

「俺が暴君なら、あんたが嫌がってもこの場で手に入れる」

ニヤリと笑って、「それくらいには惚れてる」と耳元で囁くガイアスに、サリエラはただただ羞恥に震える。婚約者は居たものの、仕事漬けで恋愛という文字から縁遠かったサリエラには、あまりにも刺激が強すぎる。

「いいか。あんたがやることは、大好きな俺のことを信じて話す、それだけだ」

「誰が誰を大好きなのよ！」

「お前が俺をに決まってるだろ。惚れた女の気持ちくらいわかるさ」

「自惚れ屋！」

結局、散々渋った後、サリエラはガイアスに事情を話した。

彼女は必死に口を閉じていたけれども、「あんたが俺を心底嫌いにならない限り、俺は諦めないぞ？」と平然としているガイアスに、白旗を上げたのだ。

そして、「なるほど、特に問題ないな。後は任せとけ」と言ってのけたガイアスの腕の中で、サリエラは――サーシャは、わんわん声を上げて泣いたのである。

第三章　ヴェスター＝ウェルニクス伯爵

「なんてことをしでかしたんだ！」

ウェルニクス伯爵家の当主、ヴェスター＝ウェルニクス伯爵は、自分の三男ウィリアムを叱り飛ばしていた。

サーシャ＝サルヴェニア子爵が失踪した。

これは、ウェルニクス伯爵家の失態である。

＊　＊　＊

サルヴェニア子爵領は、交通の要所だ。

ここがうまく機能するかどうかは、国全体の経済に影響すると言っても過言ではない。

そして、統治の難所としても知られた土地だ。

しかし、当時の王弟の友人であったグスタール辺境伯の三男ザックスが、先々代のサルヴェニア子爵として統治を開始したことで、あの土地は落ち着いたのだ。

あの要所の管理を任されたというだけで、年配の貴族達は一目置く。

隣地の伯爵領を統治するヴェスター＝ウェルニクス伯爵は、常にそのことを不満に思っていた。

王宮の社交に出ても、ウェルニクス伯爵を田舎の伯爵家と軽んじ、サルヴェニア子爵をもてはやす貴族が多かったからだ。

（なぜ、子爵ごときが、伯爵である私より注目を浴びるのだ！）

統治の難しさと言うが、ヴェスターが伯爵になったときには、既に隣地サルヴェニア子爵領は落ち着いていた。

サーシャ＝サルヴェニアの父、スティーブ＝サルヴェニア子爵も、難なく子爵領を統治していた。

きっと、大変だ、大変だと口にしていただけで、それほど統治も難しいものではなかったに違いない。何しろ、子爵ごときが治めることができているのだ。ヴェスターのような優秀な伯爵が治めれば、より効率よく土地からの恵みを得ることができただろう。

（いや……今からでも遅くない。そうすればいいのではないか？）

サルヴェニア子爵領には、鉱山もある。交通の便のよさ故に、人の出入りも多い。もしかしたら、広大なウェルニクス伯爵領の税収より、小さなサルヴェニア子爵領の税収の方が多いかもしれない。

そう思い、王都の社交の中で、それとなく宰相を担う侯爵家や官僚輩出の多い伯爵家の者にそれを提案したけれども、一蹴されてしまった。

隣地を治める伯爵ヴェスターに任せるより、優秀なサルヴェニア子爵に任せるべきだと、皆口を揃えて言うのだ。

ヴェスターは、さらに憤りを募らせた。

そうこうしているうちに、スティーブ＝サルヴェニア子爵は、妻と共に事故で亡くなった。残ったのは、九歳の一人娘のみ。

ヴェスターは笑った。

これは、チャンスだ。

ヴェスターはすぐさま国王に、正式に、サルヴェニア子爵領を、ウェルニクス伯爵領に組み込むことを提案した。

しかし、なんとその提案は通らなかった。

「ウェルニクス伯爵。そなたには、自分の地を治める責任があるだろう」

「私は伯爵です。多少の領地が増えても、治めてみせましょう」

ヴェスターの言葉を聞いた国王アダムシャールは、落胆したようにため息を吐いた。

ヴェスターは内心怒り狂ったが、国王に対して怒りをぶつけるわけにはいかない。

「サルヴェニア子爵領を、そなたに任せることはしない。そなたが共倒れになったときの影響は計り知れないからだ」

「共倒れになど！」

「そこまで言うなら、次代はそなたの血筋に任せよう」

驚いた顔のヴェスターに、国王アダムシャールは告げる。

「今のサルヴェニア子爵領は、子爵代理サイラス＝サルヴェニアが統治している。サイラスが潰れたら、他の者を子爵代理としてあてがう。そして、子爵サーシャ＝サルヴェニアが成人した暁には、その婿が子爵代理として、あの地を治めることとなる」

「陛下」

「その婿を、お前の息子から選ぶこととしよう。年齢が近いのは、三男のウィリアムか？　まあ、好きに選ぶといい。そして、教育を怠るな。あの地の統治は、そなたが思う以上に難しい」

ヴェスターは、謹んでその王命を承った。

こうして、ヴェスターの三男ウィリアムは、サーシャ＝サルヴェニア子爵の婚約者となったのだ。

ウィリアムには、サーシャの心を捉えておくように、口を酸っぱくして言い聞かせた。

そして、長男と同程度の教育を施し、通わせるのは嫡男だけでいいかと考えていた王都の貴族学園にも通わせた。

ウィリアムは残念なことに、下級、中級、上級、特別の4クラスのうち、特別クラスには編入できず、上級クラス止まりだった。とはいえ、特別クラスは王族や侯爵家、辺境伯家あたりがゴロゴロしているクラスなので、出自が田舎の伯爵家の場合は、編入できないこともあるだろう。

上級クラスでの成績は上々で、これならば国王も満足するに違いない。

できれば、サーシャ＝サルヴェニア子爵との仲睦まじさを学園内でもアピールしておいてほしかったが、肝心のサーシャ本人が貴族学園に通っていないのだという。

何やら、サイラス子爵代理とウィリアムからの情報によると、子爵サーシャは自堕落で、統治は全てサイラス＝サルヴェニア子爵代理に任せ、多少の手伝いをする以外は遊びほうけているのだという。

「ウィリアム、お前、そんな相手が婚約者で大丈夫なのか？」

「大丈夫だよ。会うと僕の話に夢中で、僕に惚れているみたいだし。でも、心配だな。あの子、いつも疲れていて、大変そうにしているんだ。学園にも通わずに手伝いをしているだけのはずなのに、要領が本当に悪いんだと思うよ。現にサイラスおじさんは、いつも僕を出迎える余裕があるみたいだしさ。結婚後が心配だよ」

「まあ、そこはお前がフォローしてやってくれ。国王陛下もそう思って、お前を彼女の婚約者にしたんだ。子爵領の実権を握りやすくていいじゃないか」

「まあね」

余裕の笑みを見せるウィリアムに、ヴェスターは安心していた。

そして、確信を抱いた。

やはり、サルヴェニア子爵領の統治の難しさというのは、誇張されていたのだ。

サイラス子爵代理は、貴族学園で会ったことがあるが、大した男ではなかった。へらへら笑いながら、下級クラスでだらだら日々を過ごしていただけの不真面目な学生だった。そんな彼がサルヴェニア子爵領を治めていてなんの問題もないのだから、サルヴェニア子爵領の統治は、間違いなく、大して難しいものではない。

国王を始めとする国家中枢部は、『サイラスは優秀さを隠していた』『さすがはサルヴェニアの血筋』などと評価していたが、とんでもない。あれは、知性に劣る、モラルのない、怠惰な男である。

こうなったら、あとはサーシャの成人を待ち、ウィリアムが婿としてさらにサルヴェニア子爵領を盛り立てていけばいい。そうすれば、ウェルニクス伯爵家の力を、国中が認めるだろう。今後、ウェルニクスの血筋から、新たな伯爵、いや、侯爵を生み出すことだって、夢ではない……。

そう目論んでいたのだ。

そこでまさかの、サーシャ＝サルヴェニア子爵の失踪である。

サルヴェニア子爵領を任されたサイラス子爵代理、そしてウェルニクス伯爵家が、子爵サーシャの管理を徹底できていなかったと思われるのは火を見るより明らかで、これで両者に対する国王の信頼はガタ落ちになったことだろう。

ヴェスターは、顔から火を吹く勢いで、ウィリアムを叱り飛ばした。

「ウィリアム、お前は何をしていた!?」

「……」

「サーシャはお前に惚れていると言っていたではないか。そのお前になんの相談もなく、彼女は消えたのか!?」

「……少し、喧嘩をして……」

「なんだと!?」

話を聞いてみると、どうやらサーシャは、ウィリアムと喧嘩をした後、姿を消したらしい。

つまり、子爵の失踪自体に、ウェルニクス家が直接関わっている。最悪の事態である。

「なんてことをしでかしたんだ！」

「父さん、待ってよ！　そんな、家を出るような喧嘩じゃないんだ。僕はその、少し、本当のことを言ったくらいで」

「何を言ったんだ」

「……要領が悪いんじゃないかって」

「それだけで家出までするはずがないだろう！」

「そ、そうでしょう!?　だから、僕のせいじゃない！」

ヴェスターは唇をかんだ。

詳細はよくわからないが、息子との喧嘩の後に、サーシャが失踪したのは事実だ。

ウェルニクス伯爵家の力を見せるどころの話ではない。

なんとかしなければ……。

「ウィリアム。お前、今すぐサルヴェニア子爵領に行け」

「えっ。で、でも、卒業式が」

「それどころじゃない、お前の未来がかかっている。サーシャが失踪したら、次の子爵は叔父の子爵代理サイラスだ。その跡目は、サイラスの息子セリムか娘ソフィアが継ぐことになるだろう。息子のセリムは、騎士を目指している。恩を売りながら、娘のソフィアの婿の地位をもぎ取れ」

青ざめたウィリアムは、反論することなく頷き、自室に下がった。ようやく自分の立場がわかったのだろう。遅すぎるようにも思うけれども、まだ間に合わないわけではない。

別に、十八歳の小娘が居なくなろうとも、子爵領の統治はつつがなく進むのだ。ならば、そこでの有用性を、ウィリアムが示せばいいだけのこと。子爵代理の娘でしかないソフィアに、我が伯爵家の息子との婚約よりも、いい縁談が湧いてくることもあるまい。

まだ大丈夫。

奇しくも、サーシャが毎日唱えていた言葉を呟いたヴェスターは、まだそのときは笑うことができた。

◇◆◇◆◇

しかし、その一カ月後。

大丈夫ではないことを、ヴェスターは思い知った。

サイラスとウィリアムから助けを求める訴えが入り、慌てて領内の状況を確認して、ヴェスターは青ざめた。

全ての事務が停滞している。

停滞しているだけならばまだいい。サイラス子爵代理が携わった事務は、全て混ぜ返されていて、手順も誠意もあったものじゃない状態だった。

ウィリアムはというと、任された仕事は三つしかないのに、そのどれもがほぼ進んでいない状態だ。

そして、サルヴェニア子爵家の家令に直接状況を聞き、懸案事項全てを洗い出させた結果――というか、その結果が記載された資料を読み切らないうちに、愕然とした。

一件一件の案件が重すぎる。そして、もめ事になりすぎている。

採掘事業や業者認定、立退勧告から補助金の処理まで、全ての事業で住民がクレームを入れてきており、その苦情の数はウェルニクス伯爵領よりも圧倒的に多く、クレームを入れる住人も、大商人から鉱山長、村長から農民まで幅広い。

「なぜ、たかだかこの補助金を出すだけで、このように揉めるのだ！」

「この大商人とこちらの村長は友人同士で、文句を言えば必ず得することが起こると豪語していまして、新事業を行うと、必ず一度はクレームを入れてきます。鉱山長は事業や給付の理屈が理解できないと主張するので、こちらから事前に人や手紙を送り説明をしますが、領主から説明しろと必ず怒鳴り込んできます。ちなみに、事前に領主を送り込んでもさらに一度説明しろと怒鳴り込んできますし、事前に人や文書を送らない場合は集団で殴り込みにきます。それで何度か逮捕していますが、鉱山長が居なくなると、鉱山周りの職人達の治安が乱れて、街として崩壊しかねない状況に陥ります。こちらの領民達は、クレームをつける彼らを領主は優遇しているのではないかと団体で主張しています。そんな様子を横で見ながら関与してくるのが……」

「もういい！　もうやめろ！」

叫ぶヴェスターに、家令はおとなしく口をつぐむ。

ヴェスターは混乱した。

土地全体を見ながら収益を上げるどころの話ではない。

こんなふうに一々揉めるのでは、一つの事業をこなすだけでも、ウェルニクス伯爵家の優秀な官僚達やヴェスターがつきっきりで火消しに走る必要がある。

それが、全事業にわたっている。

どういうことだ。

一体今まで、どうやってこれを……。

「……今まで、処理できていたんだろう！　なぜ、それができない！」

「サーシャ様がいらっしゃらないからです」

「はぁ？」

驚きすぎて情けない顔をするヴェスターに、家令は淡々と述べる。

「サルヴェニア子爵であらせられるサーシャ様は、九歳の頃から、全ての事務を取り仕切っておられました。子爵代理サイラスは、そこにいるだけでございます。そして、次代を担うウィリアム様も、サルヴェニア子爵領の自領への統合を申し出たことのあるあなた様も、この子爵領の実態を見にきたことはございませんね」

「な、なんだと……」

「現場を見ていたのは、サーシャ様だけです。全てを丸く収めていたのも、彼女の力量があってこそ。彼女は報告書を読むだけでなく、現場を知り、あるべき理屈を考え、全員の利害を把握した上で決断を下してきた。あなた達のように、関係者の一部から都合のいい証言が出ただけで調査を止めるような、杜撰な事務しかできない者には、この子爵領は治められません」

調査と言われ、何のことかわからないヴェスターに、家令は失笑する。

「あなたが、子爵領の実態調査を行ったことは存じ上げております。それが粗雑なものであったこともね」

「……！」

「あなたは、ウィリアム様の証言を信じた。あなたの依頼した調査員も、サイラス子爵代理が全てを取り仕切っているという関係者の話を信じた。そうして、伝聞で全てを終わらせ、サイラスをこの地の実質的当主と信じたのでしょう。けれどもこの九年間、疑問に思い、より詳しい調査をする機会はいくらでもあったはずですよ」

実のところ、子爵領内の関係者達は皆、サーシャ子爵が子爵領を取り仕切っていることについて口をつぐんでいた。口裏を合わせたわけではなく、大人である彼らにとって、やり取りをしている相手が子どもだということは、プライドに障ることだったからだ。要するに、聞いている側が少し押せば、簡単に崩れる虚言だった。

しかし、ヴェスターは、そうした虚偽の証言を簡単に信じた。

事業の関係で官僚にサルヴェニア子爵領に問い合わせをさせた際、対応した相手方がサーシャ本人だったという話を聞いたことはあった。ヴェスターは、子どもでも伝達要員程度の手伝いはできるのかと思い、聞き流した。

子爵代理サイラスの無能ぶりを知りながら、放置した。

そもそもこの九年間、サーシャ自身と深く話をしたことがなかった。

全てが、伝聞と、憶測で……。

「現場の理解が甘い。実態を知らない。気になった点の再調査を促さない。報告書の穴に気が付かない。上に立つ者として、それは怠慢であり、無能の証拠だ――この子爵領にはふさわしくない」

気が付くとヴェスターは、目の前の家令に殴りかかっていた。

そして、サルヴェニア子爵領の護衛にそれを阻まれた。

「お前！　お前、平民ごときが！」

「今私が居なくなれば、この領地は崩壊しますよ」

「……お前！」

「ウェルニクス伯爵がお帰りだ。さあ、馬車まで案内しなさい」

ヴェスターは、そのまま馬車に押し込まれ、子爵領の城下町まで押し戻されてしまった。

（あの家令！　絶対許さない、絶対に！）

しかし、今あの家令が居なくなると、この子爵領は崩壊する。

それはまごうことなき真実だった。

そして、このまま家令が居たとしても、子爵領が沈むのは時間の問題だ。

(どうしたらいいんだ。私は、どうしたら……)

後日、サルヴェニア子爵領家令からの要請により、ウェルニクス伯爵家から執務応援のための官僚を送ったが、送り込んだ官僚達からも悲鳴のような苦情が上がってきている。

しかし、ヴェスターの力では、どうしようもなかった。

自領の統治に忙しいからと、目を塞ぎ、耳を塞ぎ、サイラス子爵代理や息子ウィリアムの悲鳴のような嘆願を無視して過ごした。

そして、サーシャが失踪してから三カ月後、国王アダムシャールから、サーシャの捜索願いを出すよう、サイラス子爵代理とヴェスターに対して指示があった。

国王はどうやら、王家の調査員を派遣し、事態を把握したようだ。

ヴェスターがこの件について、国王に報告、相談をしなかったこともバレてしまった。

乾いた笑いを浮かべることしかできなかったヴェスターの元に、さらにその二カ月後、国王アダムシャールからの召集状が届いた。

ヴェスターは全てを諦め、その招集に応じ、国王の間に辿り着く。

そうして、そこに見つけたのだ。

金色の髪、若葉色の瞳の、十代後半と思しき令嬢。

サーシャ＝サルヴェニアが、そこに居たのである。

「あ、あれです！　宰相閣下、サーシャです。居ました、見つけました！」

ヴェスターの背後から、サイラス子爵代理の声が聞こえて、ヴェスターは驚いて振り返った。

そこには、サイラス＝サルヴェニア子爵代理と、三男のウィリアムがいた。二人とも、青白い顔をして、目の下に大きなクマを作っている。身なりには気を遣っているが、髪はパサパサだし、肌もボロボロだった。

サルヴェニア子爵領が大変なときに、なぜこの二人がここに来られたのか疑問だったが、もしかすると、短期間であれば、むしろこの二人が居ない方がまともに事務が進むということで、あの家令に追い出されたのかもしれない。

王による緊急招集なので、王都への転送魔法陣の使用を許されているだろうから、田舎の子爵領から王都までの往復にもさほど時間を要さない。そういった事情も込みで、子爵領から送り出されたのだろう。

（やはり、あれがサーシャか！）

まだ国王が来ていないとはいえ、国王の間で発言の許可なく叫びだすサイラスはどうかと思うが、おかげで目の前の令嬢がサーシャ＝サルヴェニア本人であることがヴェスターにもわかった。

本人と直接会うのは、何年ぶりだろうか。

成長していて、姿を見た直後は確信がなかったが、サイラスが言うのであれば間違いないだろう。

ウィリアムからは、サーシャはいつも疲れていて、細身で身なりに気を遣わないと聞いていたが、今この場に居るサーシャは、髪も肌も艶めいていて健康的な様子であるし、何より貴族令嬢として着飾ったことにより、その美しさを花開かせていた。こういうところでも、愚息ウィリアムの虚言に騙されていたと感じ、ヴェスターは歯がみする。

騒ぎ立てているサイラスに、宰相が黙るよう指示し、国王が現れ、玉座へと座した。

「全員集まったな。座るといい」

疲れ切った顔で集まった者達を見渡す国王アダムシャールの後ろには、アイゼン王太子とイーサン第二王子が補助として立っている。

そして、おかしなことに、サーシャ＝サルヴェニア子爵の隣には、黒髪に青い瞳、日に焼けた肌をした若い男が寄り添っており、さらにその隣には、彼にそっくりな五十歳近い貴族が居た。

その貴族のことは、田舎の伯爵で、人の名前を覚えるのが苦手なヴェスターでも知っている。

国の南端を司る、ガードナー辺境伯だ。

国王の間は、玉座への道を挟むように背もたれのない椅子が並べられており、国王の右手側に、ヴェスターとサイラス子爵代理、ウィリアムが、国王の左手側に、サーシャと若い男、そしてガードナー辺境伯が座っている。そして、ガードナー辺境伯側には、何人か知らない男が同席していた。

嫌な予感がする。なんだ、この状況は。

胸に広がる不安に、ヴェスターが冷や汗をかいていると、国王が宰相を促した。宰相は挨拶を述べた後、すぐさま本題に入る。

「本日は、こちらにおられるガードナー辺境伯閣下から、サルヴェニア子爵領に関する訴えと提案がありましたのでお集まりいただきました」

宰相がガードナー辺境伯の方を見ると、彼は頷いている。

「ガードナー辺境伯閣下によると、サルヴェニア子爵領は九年前から、当時九歳だった子爵サーシャ＝サルヴェニアが統治していたとのこと。彼女の失踪により、子爵領内の事務が停滞し交通が乱れ、現在国中の経済網に悪影響が生じています。これはサイラス子爵代理及びウェルニクス伯爵が、国家へ虚偽の報告をしたことにより、未成年のサーシャ＝サルヴェニア子爵一人に負荷をかけたことが大きな原因であり、その責は子爵代理と伯爵の二者にあるとのこと。

よって、両者の爵位剥奪、更迭、国への損害賠償を要求。また、サルヴェニア子爵領を侯爵領へと二階級昇格させ、サルヴェニア侯爵として外務官のダナフォール伯爵を就任させるよう、推薦が出ています」

宰相の言葉に、ヴェスターは頭の中が真っ白になった。

もう、終わりだ……。

「いや、でも、サーシャが！　サーシャが出ていったから、こうなったんです！　あの子はもう成人だ、責任を取らせて、子爵として戻すべきです！」

サイラス子爵代理の言葉に、ヴェスターはハッとする。

そうだ、サーシャだ。あれが戻りさえすれば、ウィリアムでなくてもいい、ヴェスターの息子と結婚させてしまえば、なんとかなる。

国内で一目置かれるサルヴェニア子爵の血にウェルニクス伯爵家の血を入れたならば、いつかこの失態を取り戻せる。

ヴェスターは、サイラス子爵代理とは違い、発言の許可を得た後、主張する。

「陛下。全て反論の余地がありますが、少なくとも、サーシャ＝サルヴェニア子爵は、子爵領に連れ戻すべきです。ウィリアムでは不足なのであれば嫡子のウォルドを差し出しましょう、二人が婚姻すれば、より強力な統治体制が！」

「父さん!?」

父に切り捨てられたウィリアムが、驚きの声を上げたけれども、ヴェスターはそれどころではない。

国王アダムシャールは、ため息を吐き、ガードナー辺境伯に発言を促した。

ガードナー辺境伯は、余裕の笑みを浮かべている。

「今のウェルニクス伯爵閣下のお話、大変興味深いものではありますが、実現は難しいと思われます」

ガードナー辺境伯が、チラリとサーシャとその隣の男を見ると、男は意を得たりとばかりにサーシャの腰を抱き、サーシャは顔を赤くして抗議の目線を男に送った。

そんな二人を見たウィリアムは「浮気だ！」と叫んでいる。

「サーシャ＝サルヴェニアは、失踪したその日、一成人として子爵という爵位を国に返上し、これにより、サルヴェニア子爵とウェルニクス伯爵家の令息との間の婚約は失効いたしました。その後、我が愚息と婚姻し、現在の彼女はガードナー次期辺境伯夫人です」

愕然とするヴェスター達に、国王アダムシャールは告げる。

「そういうことだ。では、三人とも。まずは過去の経緯について、申し開きを聞こう」

国王アダムシャールから注がれる憐憫の目に、ヴェスターは、ようやく思い知った。

ヴェスターが何度、サルヴェニア子爵領を統合すると訴えても、王都の貴族達は、誰も相手にしなかった。国王もそうだ。自信満々に統合を申し出たヴェスターを、落胆した様子で見ていた。

ヴェスターが、サルヴェニア子爵領の現状を知らずに、憶測と、根拠のない自信だけで話をしていることが、彼らにはわかっていたのだ。

わかっていなかったのは、ヴェスターだけ。

『サルヴェニア子爵領を、そなたに任せることはしない。そなたが共倒れになったときの影響は計り知れないからだ』

『あの地の統治は、そなたが思う以上に難しい』

いつしかの国王アダムシャールの言葉が、脳裏に浮かぶ。

こうして、ヴェスターはようやく、サルヴェニア子爵領に手を出した自分の過ちに気が付いたのである。

第四章　策謀

サーシャが——私が、ガイアスを信じて任せることにした次の日。

私とガイアスはあいびき《デート》をすることとなった。

「そうよね、まずはデート——なんでよ！」

「プロポーズするからだよ」

「!?」

驚いて言葉もない私に、ガイアスはわざとらしく苦悩の表情を見せる。

「俺だって、本当はこんなふうに急ぎたくはない。もっとこう、外堀も中堀も埋めて埋めて埋め立てて、あんたが『はい』か『イエス』しか言えない状況に追い込んでから求婚したいと思っているさ」

「怖いこと言わないでよ！」

「お、顔が赤いな。もしかすると内堀はもう埋まってるか？　あんた本当に、初心でチョロい……」

「それ、未来の妻にしたい人物に言うことかな!?」

頬を真っ赤に染め上げている私に、ガイアスは嬉しそうに微笑む。

「あんたを守るにしても、次期辺境伯夫人になるかどうかで、やり方が変わってくる。俺としては夫人になる方を選んでほしいところだけどどな」

「じ、次期辺境伯、夫人……いや、でも、ちょっと急すぎると思う」

「仕事は機動力と決断力だろ」

「……仕事なの？」

「……。サーシャ、その顔は卑怯だ」

……どんな顔をしているというのだ！

一瞬心細くなったところで、照れたようにそんなことを言われて、ますます私は体温を上げてしまう。

「とにかく、今日は俺があんたを口説く日だ。心の準備だけして、後は任せてくれ」

そう言って、ガイアスは私の頬にキスを落とす。

そして、たったそれだけでへなへなと腰砕けになった私を侍女達に預け、彼は笑いながら去っていった。

それから二時間、本当に大変な目にあった。

洗って磨いて揉んですりこんで、着せ替え人形のように服を当てられ、ああでもないこうでもないと化粧をされ髪を結われ、昼前に仕上がったときには既に疲労困憊である。私は子爵だったけれども、こんなふうに自分を女性として磨く機会も暇もなかったので、女性の身支度がこんなに大変なことだとは思わなかった。

そうして完成形を姿見で見せてもらったときには、本当に驚いた。

春でも暑いガードナー辺境伯領の街行き用のドレスは、薄手で軽く、ひらひら舞うフリルが華やかで、体への負担も少ない。キラキラと輝くラメが入った青いグラデーションは、ガードナー辺境伯領によく植えられているハイビスカスを思わせる、力強く情熱的な美しさを醸し出していた。

支度が終わったと知らせを受けて部屋に入室してきたガイアスも、着飾った私を見て、しばらく驚いて固まっていた。

「美人だとは思っていたが、ここまでとは」

「……」

「本当に綺麗だ、サーシャ。……まずいな、他の男に見せたくない」

口元を押さえて照れているガイアスに、侍女達が「坊ちゃま、室内デートだけなんて許しませんよ」「本日はサーシャ様の美を見せびらかす日です」と、やいのやいの苦言を呈している。

そんな中、珍しく静かな私を、ガイアスが後ろから抱きしめてきた。

「サーシャ？」

「……お母様に、そっくり」

「……そうか」

九歳のあの日、着飾った母と共に、父は出かけていき、そして事故で亡くなった。

あのときの綺麗だった母を忘れたくなくて、けれどもだんだんと記憶が擦り切れていく中、こんなところで出会うとは思わなかった。

私が感極まってお礼を言うと、ガイアスは嬉しそうに微笑んでいた。

その後、街を歩き、素敵なカフェに行き、海辺で遊び、夜の海と夜景の見えるレストランで食事をした後、もう一度夜の海辺へと出る。ガイアスが何をするにつけても私を褒めちぎり、隣に居るだけで嬉しそうな顔をしているから、私は何度も心臓爆発の危機を迎えていて、本当に大変な一日だった。

そして、私は、月明かりに照らし出された海辺の砂浜で、ガイアスにプロポーズされた。

本当に嬉しくて、けれども私は、すぐに頷くことができない。

そんな私を見て、ガイアスは静かに私を待ってくれている。

早く答えないといけない。そう思うと、なかなか声が出てこなくて、目頭が熱くて、視界がじわりとゆがむ。

「……怖いの」

ようやく絞り出した言葉が、それだった。

手の震えは、その手を握っているガイアスにも伝わってしまっているだろう。

「ガイアスのことは好き。この土地のことも好きよ。食事も美味しいし、領民も優しいし」

「そうか」

「だけど、あなたの妻は、責任のある立場だわ。また、怒鳴られるんじゃないかって、怖いの。また、ずっとずっと働いて、叫ばれて、理不尽なことを言われて、矢面に立たされて」

「サーシャ」

「私は……きっと、だめなの。今まで頑張ってたけど、結局耐えられなくて、弱くなっちゃった。だからきっと、ガイアスにふさわしくない」

はらはらと涙をこぼす私を、ガイアスは優しく抱きしめる。

「サーシャは一人で頑張ってきたんだな」

「……うん」

「だけどこれからは、あんたの傍には俺が居る」

私が目を見開くと、ガイアスは腕を緩め、改めて私に向かって微笑んだ。

「うちの領民は、穏やかなのが自慢でな。サーシャが治めていたサルヴェニア子爵領みたいに、理不尽に怒鳴るような領民はほとんど居ない。居たとしても、一定のラインを超えた時点で逮捕だし、周りが相手にしないから、ずっとそんな態度では領内でのさばっていられなくなるってのが実際のところだ」

「そう、なの」

「とはいえ、領主夫人だからなあ。そういう罵倒を受けたり、立ち向かったりする機会がゼロとは言わないさ」

不安な気持ちのまま、ガイアスを見上げると、彼は朗らかに笑う。

「だけど、そういうのは全部俺がやるよ。というか、夫人一人に立ち向かわせてどうする？」

「全部って、でも」

そんなこと、できるのだろうか。

そして、許されるのだろうか。

「あんたがやることは、俺が来るまでの時間稼ぎだ。俺が遠出するときは当然あんたを連れて行くし、どうしても一人で残ることがあっても、親父や弟達を盾にすればいい。上手い言い訳を見つけて、部屋に籠っていればいいよ。そういう理屈の整理は得意だろう？」

「そんな、いいの？」

「もちろんだ。というか、現辺境伯の親父だって俺を盾にしているし、俺は弟達や官僚達を盾にしてるぞ。全部親父や俺がやってたら身が持たないのは当然だ。末端に負荷がかかりすぎないよう調整は必要だし、大切な場面では代表面して顔を出すけど、そもそも俺達領主陣営が最初から全面的に関わってたら、そこで失敗したとき、さらに責任を取る上司が居なくなっちまう」

その言葉に、私は目を見開く。

それは、視界が開けたような、不思議な感覚だった。

今まで、サルヴェニア子爵領で『領主を出せ』と言われ続け、できるだけ矢面に立たないようにしたいと思っていたけれども、実際にはほとんどの案件に関して、私が前に出て対応していた。

私以外に、事態を収められる人材が居なかったからだ。

官僚達も、激務と職場環境の悪さが故に入れ替わりが激しく、人材を育てることができなかった。親族もサイラス子爵代理はあの状態だし、従兄弟達は学生。家令は事務調整だけで手一杯であり、頼る人の居ない中、全てを私が取りしきり、担っていた。

けれども、このガードナー辺境伯領は違うのだ。領主を始めとする統治機構が、組織として機能している。

そして何より、彼が居る。

「俺があんたを守るよ、サーシャ。だから、安心して嫁いできてほしい」

目の前の彼はきっと、言葉どおり、私のことを守ってくれるのだろう。

ならば、私が迷う必要はないはずだ。

私は、ガイアスの求婚プロポーズを受けた。

彼は私に何度か確認した後、「やった！」と声を上げて、私を抱き上げ、その場でくるくる回った。

「ちょっと、ガイアス！」

「断られるかと思っただろーが！」

「そ、それはそうかもしれないけど、ちょっと危ない――わぁ！」

結局、ガイアスは重心を崩し、私共々、砂浜に倒れ込んでしまった。

二人とも着飾っていたのに、最後の最後に砂まみれになってしまって、私達二人は夜の海辺で大笑いした。

「あーもー、格好つかねーなぁ」

「そんなことない。ガイアスは誰よりも格好いいよ」

「お前さあ、急に素直になるのやめろよな。心臓に悪い」

「こういうの、どうせ好きなくせに」

「そうだよ、だから困ってる」

ガイアスがそっと私の唇を奪い、私は思わず、ふふ、と笑う。

「砂の味がする」

「俺もだよ。……帰るか」

「うん」

「サーシャ、愛してる」

最後の最後に耳元で囁かれて、私はこの男に全面的に陥落した。

ボロボロ泣きながら彼に抱き着き、横抱きにされたまま馬車まで運ばれ、よれよれ砂まみれの様子で護衛達を驚かせながらも、私は幸せ一杯だった。

これだけ幸せな気持ちにしてもらえたのだから、ここから先、何があってもまあいいかなあと思ってしまうくらいには、彼にほだされてしまったのである。

◇◆◇◆◇

そこからも、ガイアスの動きは早かった。

翌日には彼の父であるガードナー辺境伯に話をつけてきたので、私は心の準備をする間もなく、未来の義父と義母に挨拶をすることとなってしまったのである。

「サーシャ嬢、本当にこんな奴でいいのかね？」

「親父、俺を結婚させたいなら黙ってくれ」

「そうよあなた、黙ってちょうだい。私、娘が欲しかったのよ。サーシャちゃん、よろしくね！」

明るく剽軽な人柄は、どうやら血筋らしい。穏やかで朗らかな義両親に頬を緩めていると、ガイアスが爆弾を投下した。

「それでさ、今週中には籍を入れたい」

「「!?」」

元々、サルヴェニア子爵とウェルニクス伯爵家令息との婚約は、王命によるものだった。

そのことを考慮すると、私とガイアスの関係についても、婚約程度では王命でひっくり返される可能性がある。なので事を起こす前に、念のため籍まで入れておきたいということらしい。

話を聞いたガードナー辺境伯は、「なるほど」と頷いている。ガードナー辺境伯夫人は、「あら〜、サーシャちゃんたら、今週中にお嫁に来てくれるの？　嬉しいわぁ」とニコニコしている。

一方、当事者の私は、頭では納得したけれども、あまりの急展開に心が追い付かず、狼狽えていた。

「サイラス子爵代理もウェルニクス伯爵も、サーシャを連れ戻そうとするだろうから急ぎたい」

「うむ。この話が本当なら、国王陛下も、王族に取り込もうとするかもしれないしな」

「え？」

「サルヴェニア前々子爵のことは、私も知っているんだよ、サーシャ嬢。直接のやり取りが多かったのは、私よりも、私の父の方だがね」

「お爺様と、閣下のお父様が……」

「うん。君のお爺様は元々、王族や国家中枢部の連中の覚えがよかったんだ。グスタール辺境伯家の三男で、官僚として自力で一代伯爵の地位を手にしていた。子爵程度に収まる器ではないと、彼を知る者は皆、そう認識していたね。にもかかわらず、彼はあの子爵領をどうにかするために犠牲になってくれたんだ。そういった経緯や、君が幼い頃から今まであの子爵領を一人で回してきたという実績を考えると、子爵領から解放された後、王族の配偶者に指名されてもおかしくないと思う」

ガードナー辺境伯はそう説明した後、苦笑する。

王族の妻候補という栄誉ある話をしたはずなのに、目の前の私は引きつった笑いを浮かべているし、ガイアスは嫌そうな顔をして、私の肩をしっかり抱き寄せているからだろう。

「状況はわかった。君達の婚姻については、おおよそ認めよう」

「おおよそってなんだよ、親父」

「サーシャ嬢。我々がガードナー辺境伯家として君の味方につくのであれば、それ相応の調査を入れなければならないことはわかるね？」

「はい」

私は神妙な顔で頷く。

由緒ある貴族の家として動くのであれば、調査の上での実態把握は当然のことだ。

ガイアスは私の人となりを知った上で、私のことを信じると言ってくれていて、恋人としては嬉しいことだけれども、ガードナー辺境伯家が動くのであれば、ポッと出の私の証言だけを鵜呑みにして動くなどあってはならない。

「それだけじゃない。事を起こすのであれば、私は国の高官として、君を救い出した後の子爵領のことも調整しなければならない。全てが整い、君をこのガードナー辺境伯領に受け入れることについて問題がないと判断した暁には、王家に対して今回の件を注進する前に、君を我がガードナー辺境伯家の嫁として受け入れることとしよう」

「親父」

「だからそのわがままは聞けないぞ、ガイアス。お前もわかっているはずだ。というより、サーシャ嬢の方がわかっているようだね」

「はい。辺境伯閣下のおっしゃることは、当然のことと存じます。お手数をおかけしますが、よろしくお願いいたします」

「うん、いい子だ。……本当に、愚息《こんなの》が相手でいいのかな？」

「このくそ親父！」

こうして、私は今回の件の事前準備が終わり次第、ガイアスと籍を入れることとなった。

ガイアスは今週中に籍を入れられなかったことについて、ずっと文句を言っていたけれども、私は逆に安心した。嫁ぎ先に、あのように理性的な人物が領主としていてくれることが、本当に嬉しかったのだ。

しかし、それを伝えてなお、ガイアスはすねていた。

「そんなに早く結婚したいの？」

「したいに決まってるだろ！」

その真っすぐな言葉が、私は恥ずかしくて仕方がないと同時に、とてつもなく嬉しかったので、背中から抱きつく。

ガイアスは空を仰ぎながら、「だからさ……こういうことをされると、もっと早く結婚したくなるからさ……」と苦悩に満ちた声を漏らしていた。よくわからないけれども、ガイアスがより私のことを好きになってくれたのであれば、私は嬉しい。

こうして、ガイアスはやけくそ気味に調査に乗り出した。

「くっそ。調査が終わればいいんだな、調査が」

「後始末の調整もだ」

「わかってるよ、もう！」

ガイアスは悪態をつきながら、ガードナー辺境伯が出した調査員とは別に、自分の配下もサルヴェニア子爵領に送り込む。

そしてそれだけでなく、様々な旧友と連絡を取り始めた。

「そんなに沢山、誰に連絡を取っているの？」

「ん？　貴族学園の同級生達」

「……？」

「第二王子とか、宰相の息子とか、外務部に勤める高官の息子とか、経済部に勤め始めた悪友とか」

啞然とした後、私は気が付いた。

そういえば、目の前の男は、次期辺境伯――要するに、通称『辺境伯』と呼ばれる侯爵位を継ぐ男だった。貴族学園でも、当然のように特別クラスに配属されており、その同級生といえば、王族や国家中枢部に連なる者達がほとんどのはず。

「貴族学園っていうのは、こういうときのコネクション作りのためにあるんだぞ？」

「知ってはいたけど……。私も通いたかったな」

「サーシャなら、爵位はともかく、成績で特別クラスに入れそうだな」

「あ、やっぱりいいや。そんなことになったら、子爵じゃ肩身が狭いもの」

「優秀な婿を手に入れられたかもしれないぞ？　いや、それはだめだ！」

「想像で嫉妬されても」

「俺が貴族学園に通っていたとき、恋愛の一つや二つしたかもしれないとか考えない？」

「絶対に許さない」

「想像で嫉妬するなよ」

「本当に想像？」

「待った待った、俺が悪かった」

墓穴を掘ったガイアス＝ガードナーは、私に睨まれた後、その日は半日、必死に愛の言葉を囁いていた。

嫉妬はしたけれども、半日口説かれたのは、結構、かなり嬉しかったので、お返しに半日、私もガイアスを口説いてみた。

ガイアスはなぜか常に涙目で、何度も目を押さえたり、額にこぶしを当てたり、空を仰いだりして、何かに耐えていた。「そういうちょっとした仕草も格好よくて好き」と言ったら、顔を真っ赤にして「もうやめてくれ！」とうずくまる始末だ。正直、かなり楽しかった。結婚後に散々仕返しをされることを、このときの私は知らなかったので、平和なものである。

そんなこんなのうちに、調査が終わり、今後の作戦を練る段階になった。

「サルヴェニア子爵領だが、侯爵領への昇格を要求しよう」

「侯爵領!?　あ、あんなに狭いのに……伯爵領じゃなくて？」

「そうだ。伯爵領程度だと、またなめられて、どこかの世代で格下げされる恐れがある」

「国の重要地を治めるのは、侯爵の役割だからね。伯爵は、広大で平穏な地を治めるのが役割だ。あるべき形に整えるだけだよ」

優し気な物言いのガードナー辺境伯に、私はつい、頬が緩んでしまう。

そうすると、ガイアスが私の肩を引き寄せてきた。

「もう、親父どっかいけよ。これ以上サーシャに近づくな」

「お前、私に嫉妬してどうするんだ」

「親父が優しくするたびに、サーシャが見たこともないような安心した顔をするんだよ」

「サーシャ嬢はお前のことを見ているときは、蕩けそうな顔をしているが」

「辺境伯閣下！」

「サーシャ、そうなのか？」

「私には私の顔なんて見えないもの、知らない！」

人の顔の話を本人の目の前でするとは、なんという鬼畜親子！

顔に熱を集めてしまった私に、ガイアスはニヤニヤしながら口元を押さえている。そんな私達二人を、辺境伯はニヤニヤしながら見ている。辛い。この部屋に居るの、本当に辛い。

「それで、サルヴェニア侯爵の当てはあるのか？」

「うん。貴族学園の同級生で、外務官のダナフォール伯爵の長男が居るんだけど、あいつに軽く相談してみたら、乗り気だったよ」

「ふむ……人柄は」

「基本善人だけど、必要な場面では狡猾で、要領のよさがある。特別クラスでの成績も高かった。今は統治部の第三係に配属されていて、学園を卒業して5年程度しか経ってないけど、既に一代子爵の地位は手に入れてる」

「ほう」

「出世欲が強くて、多少の無理は乗り越えるタイプだ。何より、その父が外務部で一代伯爵を担っている。そっちも、領地を持つ永代貴族に興味が尽きないって話だ。悪くない線だと思う」

「そうか。私は、経済部の官僚の、ベルゾラフ伯爵辺りはどうかと思ったが」

「ベルゾラフの息子は長男が騎士だし、二男は俺と同学年だったけど上級クラス止まりだ。三男は優秀で特別クラスに配属されたらしいが、まだ学生だから、今すぐの統治参入が難しいし、経験が足りない」

「なるほど、経験不足の新人をあの地に投入するのはよくないな。あのサルヴェニア前々子爵でも、一代ではサルヴェニア子爵領を完全に落ち着かせることができなかった。最低でも親と子世代ぐらいは優秀な事務官を確保しておいた方がいいだろう」

「決まりだな。ダナフォール一家への打診は親父に頼むよ。あとは、侯爵領への格上げの根回しと」

　根回し、と呟くサーシャに、ガードナー辺境伯は微笑む。

「サーシャ嬢がうちに来たのは、本当にいい選択だった。おかげで、サルヴェニア子爵領の昇格が現実的なものになった」

「そうなんですか？」

「ああ。サルヴェニア子爵領は、主に東部と、あとは副次的に北部の交通の要所だろう？　あの地の重要性を知る東部の辺境伯と北部の辺境伯の協力は取り付けられるだろう」

「元々サルヴェニア子爵領の昇格の話はあったらしいぞ。嫉妬した近隣の下級貴族と、あとは西部、南部の貴族達がもみ消したらしい」

「そこで、南部辺境伯である我がガードナー家が賛同したら、どうなるだろうね？」

「うちの家が決め手ってのも、心躍る話だよな」

悪い笑みを浮かべるそっくりな二人に、私が固まっていると、二人は私の頭を撫でた後、話をどんどん進めていった。

棒……私、棒倒しの棒が、南に倒れたから、ここへ来たんだけど……私の幸運の決定的な恩人は、棒？

「よし、大体の方向は決まったな。私は今から、各地に連絡を取ろう。お前はウィリアムの方の調査だな。進んでるのか？」

「もちろんだ。明日には資料が届く。急ぎだった分、ずいぶんと足元を見られたがな」

「とはいえ、予算内だろう？　なら必要経費だ。じゃあその資料の確認と、ダナフォールへの取り次ぎ、あとは各辺境伯への根回しが上手くいき次第、宰相閣下に連絡して、国王陛下の予定を押さえるぞ」

とんとん拍子に進んでいく話に、私は目を丸くするばかりだ。

そんな私に、ガイアスは肩をすくめて笑顔を見せた。

「どうした。話にはついてこられてるだろ」

「うん……でも、機動力がすごいわ。うちの官僚達だと、こうはいかない」

「そりゃあそうさ。辺境伯家の主と嫡男が最優先事項として取り組んでるんだぞ」

けらけら笑うガイアスに、私はなんだか胸がドキドキして、思わずその腕に絡みついた。

そんな私に、ガイアスはニヤリと笑う。

「惚れなおした？」

「うん。大好き」

「サーシャは本当に、罪作りな女だよ……」

ため息を吐く彼に、今度は私の方が笑ってしまう。

「あとさ、お前なんか余裕あるけど、わかってんの？」

「ん？」

「手筈が整うってことは、俺と結婚するってことだぞ」

「あ。え、でも、とりあえず形だけよね？　王命で、婚約解消させられないように」

「なんで好きな女と結婚するのに、形だけになるんだよ」

笑顔のまま固まる私に、ガイアスは不可解そうに眉をしかめ、それから、意地の悪い笑みを浮かべた。

「ああ、なるほどな。サーシャ子爵閣下は、とりあえずは形だけの結婚だと思っていたから、いろいろと余裕綽綽だったわけか」

「……ガイアス様。お待ちください」

「俺のことをあおりにあおっておいて平気そうな顔をしているから、何かと思ったらねぇ」

「わ、悪かったわ。私が悪かったわよ。だから、その……」

「形だけにはしないぞ？」

腕から手を離し、それとなく逃げる私を、ガイアスはじりじりと追い込み、最後は壁際まで追い込んできた。

「式は一年後に盛大なのをやるが、それ以外は普通に結婚だ。ちゃんとプロポーズも済ませただろうが」

「ガイアス……」

「そんな不安そうな顔をするなよ。俺と結婚するの、嫌なのか？」

「結婚はしたいけど、困ってる」

「わがまま娘」

「そのわがまま娘が好きなんでしょ」

「そうだよ。心底惚れてる」

「……なら、頑張る」

「またそういう……なんで俺達はまだ結婚してないんだ……」

恥じらいながらも真剣な顔で覚悟を決める私に、ガイアスはまたしても空を仰いでいた。

こうして、なんだかんだありつつも、私とガイアスは結婚した。

そして、全ての決着をつけるために、王城へと馳せ参じたのである。

第五章　元婚約者ウィリアム＝ウェルニクス

「サーシャ＝サルヴェニアは、失踪したその日、一成人として子爵という爵位を国に返上し、これにより、サルヴェニア子爵とウェルニクス伯爵家の令息との間の婚約は失効いたしました。その後、我が愚息と婚姻し、現在の彼女はガードナー次期辺境伯夫人です」

ウィリアムは、その言葉で絶望に突き落とされた。

✽　✽　✽

ウィリアムは、ウェルニクス伯爵家の三男として生まれた。

父は領民からも支持され、兄二人は優秀。可愛い妹もいて、自身も何をしても要領よくこなすことができた。金髪碧眼に生まれつき、顔かたちもいい部類だと自負している。彼の人生は順風満帆だった。

ある日、父のヴェスター＝ウェルニクスが、ウィリアムを呼びつけた。

「ウィリアム！　お前の婚約者が決まったぞ！」

嬉しそうなヴェスターに、ウィリアムは笑顔を見せたけれども、内心は落胆していた。

（父さんがこれだけ喜ぶなら、政略結婚か。嫌だな、結婚は好きな相手とできると思っていたのに）

ウィリアムは気楽な三男として、自分の未来には自由が広がっていると思っていた。

騎士になるも、研究者になるも、官僚になるも、自分の希望次第で、妻になる女性を選ぶことも、三男である自分には当然に与えられた権利だと思っていたのだ。

「聞いて驚け。相手は、隣地の領主、サーシャ＝サルヴェニア子爵だ。お前は未来のサルヴェニア子爵代理になるんだ。しかも、これは王命の婚約だぞ！」

「サルヴェニア子爵？」

「なんだお前、知らないのか。この間、隣地のサルヴェニア子爵が亡くなったことを伝えただろう？　その九歳の一人娘が、子爵を継いだんだ」

サーシャ＝サルヴェニア子爵。

そういえば、そんな話を、聞いたような、聞いていないような。

三男として自由奔放に育てられたウィリアムは、情勢に疎かった。

そもそも、ウェルニクス伯爵自身も、さして情勢に敏いわけではない。その息子、しかも嫡子ではないこともあり、ウィリアムはそういった情報に興味自体が薄かった。

「うーん。聞いたことがあるような気もする」

「サルヴェニア子爵といえばな、領主達が注目する領地なんだぞ」

「でも、所詮は子爵領でしょう？　僕の気持ちを盛り立てようったって、そうはいかないよ」

「いや、本当にあそこは有名な土地なんだ。……我が伯爵家よりも、王都での覚えはいいくらいだ」

苦虫をかみつぶしたような顔をする父ヴェスターに、ウィリアムも少し興味が湧いた。

伯爵である父よりも注目を浴びる、子爵領？

「その子爵領、今はどうなっているの？」

「サーシャ子爵の父であるサルヴェニア前子爵は事故で亡くなった。その妻もだ。だから、サーシャ子爵の叔父であるサイラス＝サルヴェニアが子爵代理に就任した」

「ふーん。じゃあ、サーシャ子爵？　が成人したら、僕がサイラス子爵代理からいろいろ引き継げばいいんだね」

「まあな。……もしかしたら、サイラスからではなくなるかもしれないけどな」

「どういうこと？」

父ヴェスターは、顎に手を当てながら、眉をしかめる。

「サイラスは……あいつは、貴族学園でも話をしたことがあるが、大した男じゃない」

「うん？」

「国王陛下は、サルヴェニア子爵領をサイラスが治めきれなかった場合、別の子爵代理をあてがうとおっしゃっていたんだ。だから、お前に引き継ぎをする子爵代理は別人かもな」

ウィリアムは父の話を聞き、そんなものかと頷いた。ウィリアムはのびのび育った九歳だ。父の言うことを疑うなんてことは、彼の中に存在しなかった。

こうして、ウィリアムはサーシャ＝サルヴェニア子爵の婚約者となった。

初めて対面したサーシャ＝サルヴェニアは、そこそこに可愛らしい女の子だった。

この頃のサーシャは、子爵としての仕事全般を担っているわけではなかったから、父母の死と、子爵領内の統治の現場を見て精神的に追い詰められてはいるものの、そこから先の九年間に比べれば、まだ体力的にも余裕があった。だから、肌つやもそこまで悪いものではなく、ウィリアムがそんな彼女を見て、（まあまあ悪くないな）と思う程度には愛らしい見た目をしていたのだ。

ウィリアムは、半年に一度、父ヴェスターに連れられて、サーシャと面会した。十二歳を超えた頃になると、一人で子爵領まで来られるようになったので、二カ月に一回のペースでサーシャに会いに行った。

サーシャと話をするのは、まあまあ楽しい、といったところだった。

ウィリアムは、いつも、兄二人に囲まれて暮らしていたから、ウィリアムの知識は兄達の受け売りとなることが多かった。共に勉強しているウェルニクス伯爵領の官僚候補達との話や流行だって、両親や兄達からしたら、いつも二番煎じ、三番煎じの話題として扱われていて、腹立たしく思っていた。

しかしサーシャは、そういったウィリアムの知識を、いつも新鮮なものとして受け止めてくれる。

彼女の見た目が、会うたびに貧相になっていくのが気にはなるけれども、彼女に尊敬の目で見られるのは悪くはなかった。

そして、十五歳で、ウィリアムは貴族学園に入学した。

サーシャも入学すると思っていたが、彼女は入学してこなかった。

「なんで貴族学園に来ないんだ？」

「……時間がなくて」

「領地のこと？　君は子どもなんだから、叔父さんに任せればいいのに」

「いつも言うけど、叔父さんだけじゃ執務が回らないのよ」

「ふーん？」

子どものサーシャがいれば回るというのだろうか。

胡乱な目で見ると、サーシャは「……せっかく遠くから来てくれたんだもの、この話題はやめましょうか」と愛想笑いを浮かべる。

この婚約者はいつもそうだった。

自分がこのサルヴェニア子爵領を支えている、といった雰囲気を見せてくる。

今まではまあ、それも彼女の矜持なのだろうと放っていた。

しかし、子どものサーシャにできることなど手伝いレベルの仕事はずなのに、嫡子であるにもかかわらず、それを理由に貴族学園にも通わないだなんて、なんと不真面目なんだろうか。

「……まあいいよ。君の分まで、僕が学んでくるから」

「ありがとう」

「君のためじゃない。未来の僕のためだ。君も遅くなってもいいから、貴族学園に通うことを考えた方がいいよ」

「……そうね」

悲しそうな笑顔がしゃくに障って、その日は早めに帰宅したことを覚えている。

こうして、ウィリアムは貴族学園に通い始めた。

ウィリアムは特別クラスには編入できなかったけれども、上級クラスには入ることができた。

周りは伯爵家の嫡子が多く、伯爵家の三男にすぎないウィリアムの矜持を満たすには十分な環境だった。

（長兄と同じ立場に、僕は居るんだ！）

そして何より、見目がよく、そこそこに成績優秀で、『あのサルヴェニア子爵領を将来治める男』という肩書のあるウィリアムは、女子生徒にモテたので、非常に快適な学生生活だった。

ちなみに、ウィリアムは男子生徒にも、入学当初はよく話しかけられた。特に、特別クラスの生徒が声をかけてくることが多かった。

しかし、彼らはウィリアムと実際に話をした後、なぜか落胆して去っていく。ウィリアムは彼らのそんな態度に憤慨したが、自分は田舎の子爵領に引っ込む予定であり男子学生とのコネクションは不要なのだからと、深く考えることをやめた。そして、気の合う数人の友人同士で固まり、男子生徒間の交友関係を広げる努力をすることはなかった。

女子生徒も、特別クラスの生徒は同様に、なんだか冷めた目で去っていったけれども、上級クラス以下の生徒はいつでもウィリアムのことをちやほやし、デートをねだってくる。

『あのサルヴェニアを治めるんでしょう？　うちの親も、それはすごいって褒めてたのよ』『ウィリアム様は注目の的なのよ。国王陛下も一目置いているって』『あの子爵領を治める素質があるなら、官僚になっても大成功するはずなのに』と、サルヴェニア子爵領のことでばかりもてはやされるのは若干腹立たしかったけれども、悪い気はしなかった。そう、ウィリアムは何しろ、国王陛下直々にサルヴェニア子爵領を任せるべく、子爵サーシャの婚約者となったのだ。それをみんなが認識し、ウィリアムを尊敬していると思うと誇らしかった。

なお、国王アダムシャールは、『サルヴェニア子爵』と『ウェルニクス伯爵家の令息』との婚約を認めただけで、ウィリアムを指名した事実はないのだが、そのことをウィリアムは認識していなかった。

こうして、ウィリアムは貴族学園で、奔放に生活していた。

様々な女子生徒とデートをし、浮名を流した。

学園の成績を落とすことはなかったけれども、サルヴェニア子爵領の統治の現場を見に行くことはせず、なぜ周囲が『あのサルヴェニア子爵領』と口々に話すのか、その理由を確かめることもせず、ただその栄誉と恩恵だけを享受した。

子爵サーシャとは、半年に一回の帰省の際に会いに行き、年に数回、手紙を出す程度の仲だった。

ウィリアムにとって、貴族学園に居る女子生徒のように見目に気を遣うことのないサーシャとの時間は、なんだか恥ずかしいもののように感じられ、学生生活が充実していたこともあり、サーシャに時間を割くことを億劫に感じていたのだ。

そして、卒業も間近になった冬休み、ウィリアムは将来のことは特に考えず、実家に帰省していた。

「ウィリアム。お前、卒業後はいつサルヴェニア子爵領に行くんだ？」

「え？」

「なんだ、まだ何も決めていなかったのか。他の学友達は、進路について決めている時期だろう？　お前は進路は決まっているとはいえ、時期の調整ぐらいはしなさい」

「わ、わかった……」

「なんだか心配だな。お前、この冬休みは、私のところで働いてみるか？　サルヴェニア子爵領に入るにしても、他の領地のやり方も知っておいた方が、見識が広まっていいだろう」

「そうだね。うん、そうしようかな」

ウィリアムはこうして、冬休みの間、父の部下の元で、研修生として業務に携わることとなった。

父の部下達は、ウィリアムのことを褒めちぎった。

資料にタグを張らせ、背表紙を整える作業を依頼し、「おかげで職場環境がよくなりました！」と褒めたたえた。普段は二重確認で済ませるところを、ウィリアムに三回目の確認をさせ、「これで安心です！」と褒めちぎった。簡単なグラフを作らせ、後で官僚達が手直しをしたがそのことは伏せ、「ウィリアム様の作ったグラフで、会議の進行が上手くいったんですよ」とおだてた。関係者との面談に同席させ、自分がそういった事務をしたかのような気持ちを味わわせたり、特秘事項のない関係者会議に参加させ、会議の途中でウィリアムに感想を述べてもらい、アイスブレイク役として一役買ってもらい、その結果を褒めたたえた。

ウィリアムに簡単な作業をさせ、いい思い出を残してもらう。それは、官僚達にとって当然のことだった。当主の息子であるウィリアムに、厳しく辛い業務をさせるわけにはいかない。そうでなくとも、職場体験に来た学生に対して、厳しい作業や責任のある事務をさせることはしない。それは社会人としても、当然のことであった。

けれども、ウィリアムはおごった。

(なんだ。統治の仕事なんて、簡単じゃないか)

学生のときと同じように、書面を整理し、それに加えて会議がある程度。

物事の表面しか捉えないウィリアムにとって、それはさして大変なことのようには思えなかった。

だからますます、その後のサーシャとの面会時、彼女の態度にいらだってしまったのだ。

『それは、手伝い、だからでは?』

自分は学生になることすらしなかったくせに、ウィリアムのことを、学生で世間知らずのように扱うサーシャに、無性に腹が立った。

何より、サーシャはいつだって、ウィリアムの話すことを新鮮なものとして捉え、尊敬する目を向けていたはずだ。なのに、仕事の話になったとたん、急に呆れたような雰囲気を出してきたことが許せなかった。

要するに、ウィリアムはサーシャのことを見下していたのである。

だから、反省させる意味も込めて、ウィリアムはその日、元々短く切り上げる予定だった面会時間を五分と経たないうちに終わらせ、実家に戻ってきてしまった。

（……少し、言い過ぎたかな？　あと三カ月後には、僕は子爵領に住み始めるのに）

婿入りが迫っているというのに、肝心の未来の妻と喧嘩してしまった。

ウィリアムは、サーシャとの夫婦関係には期待しておらず、適当にいい夫のふりをしながら、今までどおりサーシャにはわからないよう、外で遊べばいいと考えていた。とはいえ、家に帰るのが億劫になるような険悪な夫婦関係にすることは望んでいなかったのである。

（まあ、後で手紙でも送っておけば、機嫌も直るだろう。あ、しまった。三カ月後のいつ、子爵領に住み始めるのか、サイラスおじさんと話をするの、忘れてたなあ）

やるべきことをすっかり忘れていたウィリアムは、舌打ちする。

サイラスとの今後の打ち合わせは、サーシャとの面会なんかよりも、ずっと大切なことだったのに……。

（サイラスおじさんにも、手紙を送るか？　もう学園に帰らないといけないし、往復している時間がなあ）

そんなふうに気楽に考えていたところで、事件が起きたのだ。

サーシャ＝サルヴェニア子爵の失踪である。

◇◆◇◆◇

サーシャ＝サルヴェニア子爵が、失踪した。

ウィリアムは焦った。

何しろサーシャは、ウィリアムと面会をしたその日に失踪したというのだ。

父ヴェスターからも責め立てられ、子爵代理サイラスからも状況を聞かれ、ありのままを答えたけれども、ウィリアムは苦々しく思っていた。

（よりによって、僕との面会の後に消えるなんて。なんてことをしてくれたんだ！）

それだけではない。父に叱られ、子爵代理サイラスとその娘ソフィアに取り入るため、卒業式にも出られなくなってしまった。

ウィリアムはそのことを、本当に怒っていた。いつかサーシャが戻ってきたら、サーシャのせいで卒業式に出られなかったことを、厳しく叱りつけなければならない。

（それにしても、仕事なんかのために、卒業式に出られないなんて。あんなの、誰がやっても同じ作業じゃないか）

誰がやっても同じ作業しか体験していないだけなのだが、ウィリアムはそのことに思い至らない。

こうしてウィリアムは、呑気な様子でサルヴェニア子爵領にやってきて、愕然とした。

サルヴェニア子爵領では、誰もウィリアムに優しくしてくれなかった。

「ウィリアム様。仕事ができると聞いています。事業が停滞していますので、あなたの担当分はこちらでお願いします」

「えっ⁉　こんな、机にファイルが山積みじゃないか。全部読むのに半年はかかるよ」

「サーシャ様なら、一日で全て目を通していましたよ。あなたがやることは、全てを読み切るだけではなく、内容を理解し、適切な指示を出すことです」

「は、はぁ？」

「とにかく、仕事始めですから、二日設けます。その間に、まずは全て読み切ってください。説明はその後です、時間がありませんから」

統治部の部長はそれだけ言うと、自室に戻っていった。

ウィリアムは、机の上に山積みになっている資料を見て、呆然とした。

（こんな分量、学生時代の試験勉強の範囲より広いんじゃないか？）

とりあえず、資料を読み始めたウィリアムは絶句した。

内容がさっぱりわからない。

『こういう事業をしたい』というおおよその内容はわかるのだが、それを実現するために必要なものがわからないのだ。関係者の要望を聞き、利害を調整し、予算を確保し、ルールを作り、人手を雇い、場所を確保するという一連のやるべき流れが、仕事の現場経験のないウィリアムには発想できない。

しかも、資料には専門用語が使われていることが多く、読みづらいことこの上ない。学生時代に統治や経済の授業で習った用語であることは思い出せたけれども、試験のための一夜漬けで覚えた知識のため身についておらず、その正確な意味を思い出すことができないのだ。

さらに、どの事業も訴訟がいくつか起こされていて、もめ事に発展している。

裁判資料を授業で軽くしか読んだことがないウィリアムにとって、数十枚にわたる答弁書や証拠資料がどのような意味を成すものなのか、さっぱりわからない。

そして、各資料から、この事業が今どの段階にあり、次の作業が何で、締め切りはいつなのかを読み取ることが、ウィリアムにはできなかった。

(え？　え？　これが、仕事なのか？　なんだ、これは……冬休みにやったのとは、全然違うじゃないか！)

しかし、未来の子爵代理としてやってきたウィリアムは、「全然わからないので、誰かつきっきりで教えてください」と言うことができなかった。矜持だけは高かったからである。

個室を与えられていたウィリアムは、二日間、訳のわからない資料と向き合い、そのせいで眠い目をこすり、珈琲を飲みながら眠気と戦い、よくわからないまま仕事の時間が終わった定時に、子爵邸内に与えられた居室に帰った。子爵領は羽振りがいいのだろう、ウェルニクス伯爵家よりも豪勢な食事に舌鼓を打ちながら、（全然わからないけど、これでいいのだろうか？）と首をかしげ、二日間を過ごす。

そして三日目、ウィリアムは統治部の部長を絶句させた。

「全部読み切りましたね？　では説明に入ります」

「え？　いや、全部は無理だよ。最初から言っていただろう？　時間内に目を通すだけ通したけどさ」

「読み切れていないのに、あなたは定時に帰宅したのですか？」

「えっ。だって、定時なんだから、帰っていいんだろう？」

「やるべき仕事を終えることができないのであれば、それは上司に報告すべきです。あなたは今、私の下について働いていますから、私が上司ですね。各事業共に締め切りが近づいているのですから、想像で勝手に都合のいいように判断されては進行に支障が生じます、以後気を付けてください」

「……」

「返事は」

「わ、わかったよ」

「それで、どこまで読めたのですか？」

「このぐらいだね」

机の上に山になった資料のうち、三割程度の部分を指し示すと、統治部の部長は愕然としていた。

「これだけですか？　せめて、逆ではなく？」

「いや、こんなの全部しっかり読んでいたら、半年はかかるって」

「もしかして、この三割もしっかり読めていないのですか？」

「だって、わかるわけないだろう？　専門用語ばっかりだし、そもそも何をしたらいいのかもよくわからないし」

こうして統治部の部長を絶句させたウィリアムは、部長の下ではなく、統治部第五係の係長の下で、新人として働くこととなった。

「なんで僕が新人なんだ！」

「学生の知識しかないのですから、当然のことです。私があなたの上司ですから、死に物狂いでついてきてください」

「し、死に物狂い？」

「まずは、人の話を聞くときにはメモを用意する。手帳はどこですか？」

「え？　持ってないから、買わないと」

「なるほど、社会人としての常識からですね。部長も驚くはずだ。指導担当をつけます、その後三つの簡単な事務を担当してもらいますから、それを正確に完了させることだけに注力してください」

「なんで僕が、そんな簡単なことだけを！」

「簡単に完了させることができたなら、次のステップに進みます」

こうしてウィリアムは、三つの事務を持たされることとなった。指導担当としてついたのは、年上だけれども平民出身の、勤続五年目の先輩官僚だ。

最初は文句を言っていたウィリアムだけれども、そのうちに、先輩官僚が自分よりも圧倒的に仕事ができる人であることに気が付いた。

それどころか、ウィリアムは、この子爵領内の誰よりも仕事ができないのが自分であることに、この時点でようやく気が付いた。

「ウィリアム様。会議の日程が明後日とかなり近いですが、本当にこの短期間で関係者全員の会議の日程の調整はできたのですか」

「う、うん。できたと思う」

「思う、では困ります。不安なのはどの辺りですか」

「この参加者、直接の連絡が取れないんだ。遠隔通話口の人に、日程を伝えるようお願いしたから、多分、大丈夫だと思うけど」

「遠隔通話口に出た者の名前は？」

「……覚えてない」

「ならば今すぐ、もう一度遠隔通話して、担当者の名前も聞き出してください。この参加者の方は自分が尊重されないと年単位で怒りをぶつけてきますし、場合によっては訴訟に発展します」

「え⁉ わ、わかった……」

結局、向こうの遠隔通話口で対応した者が会議参加者の日程を押さえておらず、それどころか、ウィリアムが事前連絡を怠ったのではないかとなじられ、会議は延期を余儀なくされた。

そうして会議を延期したことにより、他の参加者がごね、事業に大幅な遅れが生じた。

しかし、これはまだマシな方だった。

何しろ、こんな調子で勝手な想像と思い込み、不確かな情報で事務を進めるウィリアムは、そうでなくとも理不尽なことの多いサルヴェニア子爵領で何度も失態を犯し、そのたびに事業に遅れが生じたり、関係者からのクレームで上司を煩わせていたからだ。

その結果、先輩官僚がウィリアムの事務の進捗を逐一確認するようになり、そのおかげで、今回は会議が流れる程度で済んだのである。

ウィリアムは、何もかもが上手くいかないことに憤った。

「こ、こんなふうになんでもかんでも絡まれて、毎日遠隔通話、遠隔通話——日程調整なんか上手くいくはずがない！」

「その『遠隔通話』をサーシャ様が取り入れてくださったから、まだまともになったんですよ」

「え？」

「サーシャ様は、手紙と対面でのやり取りで限界だった我々のために、子爵領の莫大な税収を投じて、当時開発されたばかりだった遠隔通話機を、領内各所と各関係者の家に強制的に配置しました。これだけ遠隔通話機が普及しているのは、王都を除くと、おそらくうちの子爵領くらいです」

絶句するウィリアムに、先輩官僚は続ける。

「あの方が居たから、この九年、この子爵領はギリギリもっていたんだ。もう、終わりなんだろうな……」

その言葉を吐くとき、ウィリアムを見なかったのは、おそらく先輩官僚の優しさなのだろう。

◇◆◇◆◇

事ここに至ると、流石のウィリアムにも、自分の置かれた状況が見えてきていた。

サーシャが、具体的に何をしていたのか、ウィリアムはほとんど知らない。けれども、細々と伝え聞く内容だけでもわかる。ウィリアムの力では、サーシャが行ったことを実現することはできない。

そして、とてもではないが、この子爵領内で、今のウィリアムが当主の代わりをすることなどできない。

要するに、ウィリアムでは力不足だった。

（サーシャは一体、今まで何をしていたんだろう。どういう事務をして、あんなに疲れていたんだろう）

このとき初めて、ウィリアムはサーシャがやってきたことに興味を抱いた。

九歳の頃から、何時もボロボロの身なりだった彼女。

ウィリアムはそのことを不満に思っていたけれども、今なら彼女の気持ちがわかる。

何しろ、三つしか事務を担当していない新人のウィリアムであっても、二十一時よりも前に帰宅できないのだ。先輩官僚達は、いつも日付を超えて仕事をしているし、家に帰っていない者も多い。

こんな状況で、身なりなんかに気を遣っていられるものか。

ウィリアムは貴族なので、服は使用人達が綺麗に洗濯し、整えてくれるが、疲労で衰えていく肌や髪などの体のケアについてはどうしようもない。

侍女や侍従達が美容の時間を設けようとするが、そんな暇があるなら寝かせてほしいと言い、ウィリアムは実際に、入浴後はすぐに就寝していた。そうするたびに、とにかく休みたいと思うたびに、サーシャはこういう気持ちだったのかと、ウィリアムは唇をかむ。

ウィリアムが、目の下にクマを作り、へとへとになりながら仕事をしていたある日、最初はウィリアムを遠巻きに見ていた新人官僚達が、ウィリアムに声をかけてくれた。昼食を共にしようと誘ってくれたのだ。

それは、仕事に追い詰められ、日々落胆した目で見られていたウィリアムにとって、本当に嬉しいことだった。

ウィリアムと同時期に勤め始めたわけではない彼らは、ウィリアムよりも実際には数カ月先輩だったけれども、だからこそ社会人としての最初の数カ月の辛さをわかってくれ、慰めてくれた。ウィリアムは彼らの優しさに、目頭を熱くする。

「この子爵領、やばいとは聞いてたけど、本当にやばいな」

「お前、語彙力なくなってる。係長に赤でチェック入れられるぞ」

「もうやめてくれよ！　……俺さ、まだ一年経ってないけど、もうここ、続けられないかも」

「サーシャ子爵が消えてから、この子爵領、本当に終わってるからな」

「退職して、他の領地に行こうかな。引っ越しは嫌だったけど、こんなの耐えられない」

「……サーシャ、あいつ、この子爵領内で何をしてたんですか？」

ようやくその質問を投げることができたウィリアムに、新人達はギョッと目を剥く。

「ウィリアム、お前婚約者なのに知らないのかよ！」

「サーシャ様はな、九歳の頃から、この子爵領の当主として事務を担ってきたんだぞ」

「恥ずかしくて他所では言えない話だけどな」

「あの人の資料を読む速度、人間技じゃなかったって聞くわよね」

「九歳の頃は俺らみたいに新人として働いてたみたいだけど、一年で先輩達を追い越して、あっという間に事実上の当主になったって話だぞ」

「天才ってどこにでも居るんだよなあ」

食事の手が止まり、視線を下げるウィリアムに、新人官僚達は慌てる。

「いや、ウィリアム。お前は普通だよ」

「普通……」

「そうそう。俺らが期待しすぎていただけでさ、社会人になりたてってこんなもんだって」

「まあ、もうちょっと要領がよくてもいいかもな」

「おいおい、普段誰にもマウントがとれない新人がパワハラしてるぞ」

「権力《パワー》なら、ウィリアムの方があるだろ？」

「違いねー」

けらけら笑っている新人官僚達を見ながら、ウィリアムは青ざめた。

『要領が悪いんじゃないか。もう帰るから、僕の切り上げた時間でできた余暇で、効率性について考えるといいよ』

顔から火が出るとは、このことだ。

(僕はどの口で、そんなことを……)

こんな領地で、精一杯仕事をして、へとへとになっているときに、婚約者に『要領が悪い』と言われたサーシャ。

ウィリアムはようやく、サーシャの失踪の理由が理解できた気がした。

サルヴェニア子爵領を統べることの難しさも、なんとなくわかった。

あくまで、『なんとなく』だ。ウィリアムにはとても、『わかった』とは言えなかった。何しろ、ウィリアムは仕事の基礎を学ぶばかりで、仕事自体を理解すらできていない身なのだから。

サルヴェニア子爵領を統べる未来の当主として、ウィリアムが注目を浴びていた理由。

そんなウィリアムと話をしに来て、落胆して去っていく特別クラスの学生達。

全てが、今までのウィリアムには理解できていなかったけれども、今のウィリアムにはわかる。

そして、そのことを、心が受け止められなかった。

（……理解できていなかったことが、悪いっていうのか⁉　僕は、何か悪いことをしたか⁉）

そう思うと同時に、女子生徒達と奔放に過ごしていた学生生活が思い浮かんだ。

こんな過酷な領内で身を削って働くサーシャを裏切り、学生として、未来のサルヴェニア子爵代理としての栄誉を享受していただけの自分……。

ぐちゃぐちゃな思いの中で、父ヴェスターに助けを求めるべく、何度も手紙を送り、遠隔通話をかけたけれども、返事はないし、遠隔通話口にも出てもらえない。

サイラス子爵代理に話をしようにも、彼も同じような境遇で苦しんでいるばかりで、頼りにならなかった。いやむしろ、彼が携わった事務はしっちゃかめっちゃかに混ぜ返されているらしく、官僚達の彼への愚痴がひどかった。

そんな中、ウィリアム宛てに国王からの招集状が届いた。

ウィリアムは、何か悪いことが起こるのだろうと思いながらも、その招集に従った。

そこにはなんと、サーシャがいたのだ。

彼女は国王の御前にふさわしいように着飾っており、その美しさに、ウィリアムはしばらく言葉を口にすることができなかった。

よく考えると、ウィリアムはこのように着飾ったサーシャを見たことがない。婚約者なのだからドレスを贈るなりできたはずなのに、そういったちょっとした気遣いをしたこともなかったのだと、ここでようやく気が付いた。

そして、美しくなった彼女の横には、日に焼けた黒髪の美丈夫が居た。

ウィリアムは、身の内に激しい嫉妬の炎を燃やした。

(ぼ、僕の婚約者だぞ！　彼女は僕のものなのに、近すぎるんじゃないか⁉)

そうして、ずっと彼女を見つめ、彼女の横の男を睨みつけていたところで、父ヴェスターが、ウィリアム以外をサーシャと結婚させると言い出したので、愕然とした。

彼女にふさわしいのは自分だと言おうとして、言えない自分にもショックを受けた。

彼女のような天才に、自分は……。

(いや、これからだ。まだこれから、頑張ればいい。ようやく、状況がわかったんだから)

そう思って、何とか顔を上げる。

しかし、ガードナー辺境伯の言葉が、最後の最後に、ウィリアムの心を折った。

「サーシャ＝サルヴェニアは、失踪したその日、一成人として子爵という爵位を国に返上し、これにより、サルヴェニア子爵とウェルニクス伯爵家の令息との間の婚約は失効いたしました。その後、我が愚息と婚姻し、現在の彼女はガードナー次期辺境伯夫人です」

（こ、婚姻……）

頭が真っ白になった。

ウィリアムとサーシャの関係は、あくまでも婚約者。

その婚約関係が続いていたとしても、他の者と結んだ婚姻を無効とするものではない。賠償責任が生じることはあっても、彼女が次期辺境伯の妻となった事実は、もはや変えられないのだ。

（いや、まだだ！　こんな短期間で結婚するなんておかしい。今回の件のための偽装結婚──白い結婚なら、まだ取り返せる！）

そう思ってサーシャを見るけれども、目の前のサーシャは次期辺境伯に腰を引き寄せられ、恥ずかしそうに、しかし嬉しそうに頬を染めている。これほど近く寄りそい、仲睦まじくしている二人が、閨を共にしない白い結婚をしているとは思い難い……。

ウィリアムが呆然としていると、父ヴェスターの声が、国王の間に響いた。

「そ、そんな、婚姻だなんて！　ウィリアムという婚約者がいて、婚約無効が正当に認められる前だったのだから、それは不義です！」

その内容に、ウィリアムはギョッとして顔を上げた。

ヴェスターの発言に対し、宰相が諭すように説明する。

「サーシャ＝サルヴェニア子爵からは、失踪時に子爵返上についての申し立てが——書面で上がってきています。国王陛下の認可が下り、これにより、遡及して申し立て時点から、サルヴェニア家は爵位の返上をしたものと認めることとなりました」

「宰相閣下！　しかし、しかしです。サーシャ嬢の婚姻時には、子爵返上について、まだ保留だったはずだ！　婚約無効が保留となっているのに他の者と婚姻するなど、婚約者ウィリアムに対する誠意を欠く行為であることは間違いありません！」

食って掛かるヴェスターに、ウィリアムは驚く。

事がこうなった以上、何を言おうと、彼女がウィリアムの妻になることはないだろう。よくて慰謝料が手に入る程度。そして、この事態はきっと、お金でどうにかなるような問題ではないと思ったのだ。

詳細はわからないが、サイラス子爵代理がサーシャに全てを押し付けていたのは事実だ。父ヴェスターがどこまでこのことを知っていたのか、今のウィリアムには知る由もないが、国王やガードナー辺境伯が言うのだから、きっと父ヴェスターにも責任があるのだろう。

ここで損害賠償の主張など、ただ心象が悪くなるだけなのではなかろうか。

困惑しているウィリアムに、ヴェスターは怒りの目を向ける。

「何をしている！　お前も、サーシャが婚約関係を破綻させたことを主張しろ！」

「えっ。で、でも」

「私はこのままだと伯爵位を剥奪されかねない。それだけではなく、損害賠償請求もされるのだぞ。これからの生活を考えるなら、金が必要だ。お前は、母さんや妹を路頭に迷わせる気なのか⁉」

小声で叱咤され、ウィリアムは蒼白になる。

新人事務官として働く程度の給料では、今までの暮らしは維持できない。そもそも、事務官としての職すら、維持できるかどうかわからないのだ。

ようやくそのことに思い至り、ウィリアムは手が震える。

「宰相閣下、発言の許可を」

「よろしい。ガードナー辺境伯閣下、発言を」

頷くガードナー辺境伯は、立ち上がって笑顔で話を始めた。

「それについては、我々も危惧していたところです。行政的な意味合いで遡及的に無効になる予定であったとはいえ、それが私人間の賠償責任にまで効力を及ぼすのかどうか、疑義がありましたからね」

「そ、そのとおりだ！　サーシャとウィリアムの平穏な婚約関係を、横から壊して、我々に精神的損害を与えた事実は……」

「ですから念のため、サーシャと息子の婚姻時に、そもそも維持すべき平穏な婚約関係があったのかどうかを調査いたしました。その結果がこちらです」

配られた資料に、ウィリアムは愕然とした。

それは、貴族学園で奔放に生活していたウィリアムの写真だった。複数の女子生徒と仲睦まじく過ごしている様子が、はっきり映し出されている。

父ヴェスターが、「ウィリアム、お前！」と顔を赤くして叫んだ。

「このように、ウィリアム卿は元々、サーシャとの婚約関係をよしとしていなかったようですね」

「こ、こんなの、プライバシーの侵害だ！」

ウィリアムは、もはや身の置き場がなかった。だから、叫ぶことしかできない。

「貴族学園という公共の場でのことですよ。そして、こういった状況下でサーシャは失踪し、ウィリアム卿はサーシャを探さなかった」

「えっ」

「サーシャの失踪後、サーシャの知人に話を聞きに行きましたか？　彼女の職場や、よく行く場所に足を運んだり、彼女の行きそうな場所に部下を派遣したりしましたか」

「ぶ、部下……」

「おや、未来の子爵代理であったというのに、側近候補は居ないのですか。領内で見つからなければ、貴族学園で見繕うものでしょう」

「……そうしろって、言われなかったから」

「そうですか」

冷めた目で見るガードナー辺境伯に、ウィリアムは俯く。

思い返せば、嫡男である同級生達の周りには、仲のいい貴族の二男坊、三男坊がまとわりついていたように思う。あれは側近候補だったのかと、ウィリアムは唇をかんだ。ウィリアムは、気の合う二男坊、三男坊達とつるんでいたけれども、彼らの出自はウィリアムの実家やサルヴェニア子爵領からは遠く、学園を卒業したら会うのが難しくなるなと、呑気に笑い合っていた……。

「ウィリアム卿がサーシャを探さなかった理由が、能力不足によるものなのかどうかは判然としませんが、少なくとも外形的に、ウィリアム卿とサーシャの婚約関係が破綻していたことは事実です。それでも賠償請求するというなら、法廷で戦いましょう。まあ、こちらとしては、サーシャが嫁になるのであれば、お金に糸目はつけないつもりで受け入れていますがね」

ガードナー辺境伯がサーシャに向けてウィンクをし、サーシャは嬉しそうに頬を緩めている。

そんなふうに安心した顔をしたサーシャを、ウィリアムは初めて見た。

愕然としているウィリアムに、ガードナー辺境伯は冷たい笑みを浮かべる。

「まあ、我々としては、成人して一年も経たないウィリアム卿を責め立てたくはないので、遠慮してほしいところですがね。今回の件について責を負うのは、親世代であるべきだ。ウィリアム卿は、サルヴェニア子爵の婿となるには、能力が足りず、誠意がなく、要領が悪かった。ただそれだけなのですから」

その言葉で、ウィリアムは悟った。

この辺境伯は、全て知っているのだ。ウィリアムがサーシャに最後に何を言ったのかという細部に至るまで、状況を把握している。

ウィリアムは、そうか、と思った。

目の前の男は、想像で補うのではなく、思い込みで動くのではなく、調査し、証拠を集め、その目で見てきた当事者のように話ができるところまで、状況の理解を深めてこの場に立っているのだ。そうして周到に準備するだけでなく、リスクをも理解した上で、自らの望む結論まで、推し進めようとしている。

これが辺境伯――侯爵を担う男なのかと、そう思ったのだ。

（僕には、できない）

知らないことが多すぎた。

その結果、自分の置かれた状況を確認し、何が必要なのかを考え、それを成し遂げるための準備をすることを怠った。

教えてもらえなかったからだ。

そう思う。

だけど、それだけではない。

ウィリアムには、何が必要なのか、自ら気が付く才覚がなかった。

それに、やるべきことがわかった今ですら、それができるかというと疑問だ。

あのサルヴェニア子爵領を背負うほどの器量が、自分にあるとはとうてい思えない。

ウィリアムは改めて、自分がしてきた過ち、そして、自分がサルヴェニア子爵代理になる器ではなかったことを思い知ったのである。

第六章　国王の決断

国王アダムシャールは、頭を抱えていた。

宰相に指示した調査の結果、この九年間、サルヴェニア子爵領を治めていたのが、子どもであるサーシャ＝サルヴェニアだと明らかになったときは、めまいがした。

（大の大人が寄ってたかって子どもに頼るとは、あの子爵領は一体何をしているのだ！）

子爵として最も幼かった時期のサーシャ＝サルヴェニアは、九歳だったはず。

九歳の少女に、統治の最終決定権を委ねるなど、本当に意味がわからない。

国王たる自分の子ども達——王子や王女であれば、幼くとも名ばかりの事業の主体となり、国民に王族が気にかけた事業だと知らしめることもあるが、それはあくまでも名義貸しのようなものであり、実際には要所要所で顔を出す程度で、事業自体の構築や運営に関わるものではない。

あるいはそこまで、サルヴェニアの血筋が優秀だったということなのだろうか。

（……王妃にするには後ろ盾が足りないが、王族に取り込んでおくのは、悪くない）

無事に見つかったのであれば、場合によっては、第二王子か第三王子と婚約させてもいいかもしれない。

そういった下心も含め、捜索に本腰を入れたところで、まさかのガードナー辺境伯からの申し立てである。

見つかったサーシャ＝サルヴェニアは、なんと、ガードナー辺境伯の嫡男ガイアス＝ガードナーと既に結婚しているというのだ。

（読んでいたか。ガードナー辺境伯め、やってくれたな）

これで、国王アダムシャールに、サーシャ＝サルヴェニアによる子爵返上の申し出を認めないという選択肢はなくなった。

なぜならば、仮に国王が子爵返上を認めず、サーシャとウィリアムの婚約を有効とした場合、ガードナー辺境伯家は王命の婚約を無視し、横取りする形でサーシャを嫁に迎えたことになる。王命に反した貴族という立場に追い込まれるのだ。

これによってできた王家とガードナー辺境伯家の溝は、今後百年は埋まらないことだろう。

それだけではない。

ガードナー辺境伯家は、サーシャ＝サルヴェニアによる子爵返上が認められることを前提に、新たな提案までしている。

サルヴェニア子爵領を、二階級上の侯爵領に引き上げろというのだ。

この引き上げに関しては、東部辺境伯一同、北部辺境伯一同は既に賛同済みで、賛同する貴族は増加する一方。侯爵の人選も悪くない。そして何より、新設の侯爵家の後ろ盾として、南部辺境伯であるガードナー辺境伯がつく。

要するに、ガードナー辺境伯の申し出を認めれば全てが上手く収まり、認めなければ多くの貴族が王家と対立する構図が出来上がっている。

「優秀すぎる部下が動くというのは、怖いものだ」

「さようでございますか」

「いや、お前もそう思うだろう？　ここまでお膳立てされて、私の一存でこの提案を蹴ったらどうなる？　これだけの根回しができるガードナー辺境伯家を敵に回し、その協力者の貴族達とも対立し、手元に残るのは田舎のウェルニクス伯爵家か？　笑えない冗談だ」

「そうですね」

失笑する国王アダムシャールに、宰相は肩をすくめる。

「しかも、今回の提案、イーサンが直々に持ってきた」

「第二王子殿下が、ですか」

「そうだ。イーサンは、ガードナー辺境伯の嫡男ガイアス＝ガードナーとは、貴族学園時代にクラスメイトだったらしくてな。『ガードナー辺境伯から面白い話が上がってきているので、ガイアスの結婚祝いに、是非認めてやってくれませんか』だとさ」

「それはまた……次期辺境伯も、やりますね」

「そうだろう？　南部辺境伯領は、今後も安泰のようだ」

第二王子であるイーサンを使いっぱしりにするその胆力。当のイーサンに、『愉快な奴なんですよ。彼には恩を売っておいて損はないと思います』と言わせる人物像。

統治者として逸材なのであろうサーシャ＝サルヴェニアを篭絡した男は、どうやらサーシャに負けず劣らず優秀な人物らしい。

「とはいえ、世界には優秀な人材だけがあふれているわけではないからな」

「ウェルニクス伯爵家ですか」

「お前が心を読んでくるのがもはや心地いいよ」

「おや、五年前までは『気持ち悪いからやめろ』とおっしゃっていましたのに」

「今回の件で、心を読んでくれない部下に相当振り回されたからな」

「読んだ上で振り回してくる者も居るようですけれどね」

「ガードナー辺境伯家みたいにな」

「……」

「どうした」

「いえ。先に、ウェルニクス伯爵家のことを決めましょう」

宰相の様子に、国王アダムシャールは首をかしげながらも、ウェルニクス伯爵家の処遇について、思いを馳せる。

落としどころとして、どこが妥当なのか。

「全く、出来の悪い部下ほど可愛いというが、私はちっともそうは思わん」

「さようでございますか」

「うむ。奴らが与えてくるストレスで禿げ上がりそうだからな」

王冠を外し、艶々と輝く頭頂部を見せた国王アダムシャールに、宰相は何も言わなかった。

国王アダムシャールが、物言いたげに宰相を見たけれども、宰相はそれとなく目を逸らした。

彼は賢い男なのである。

◇◆◇◆◇

こうして、国王アダムシャールは、関係者を呼び出し、ガードナー辺境伯の申し出をおおむね認めることを宣言した。

サーシャ＝サルヴェニアの子爵返上を認め、サルヴェニアの地を、サルヴェニア子爵領からダナフォール侯爵領へと改める。

ただし、ウェルニクス伯爵家の処遇については、ヴェスター＝ウェルニクス伯爵とその息子ウィリアム＝ウェルニクスと、執務室で面談をした上で決めることとした。

「なぜ私が、お前達とこの場を設けたかわかるか」

「……いえ。申し訳ないことに、存じ上げません」

国王アダムシャールの問いかけに、ヴェスターもウィリアムもうなだれている。

「二人に聞きたいことがあったのだ」

その言葉に、ヴェスターは気力で顔を上げたが、ウィリアムは床を見つめたままだった。

「ヴェスター。此度の件、お前は何が原因だと思う？」

ビクリと体を震わせた後、ヴェスターは目を泳がせている。

国王アダムシャールが静かに待っていると、彼はなんとか、その重たい口を開いた。

「確認、不足でした。私は、サルヴェニア子爵領のことを、知らなかった。……知ろうともしなかった」

「そうだな。覚えているか？　お前は昔から私や周囲に、ウェルニクス伯爵家にサルヴェニア子爵領を統合するよう、申し立てていた」

ヴェスターの横に居るウィリアムが、ギョッと目を剥いて、傍らの父を見た。

ウィリアムの表情に、国王アダムシャールは満足げに頷く。

「そして、誰もそれを相手にしなかった。私も、それを止めた。ヴェスター、その理由はもうわかるな？」

「……はい」

「ウィリアム。お前もわかっているようだ」

「は、い……」

「そうか。ならば、お前達はもう、無能ではない」

ハッとして顔を上げるヴェスターに、驚いた表情のウィリアムに、国王アダムシャールは笑う。

「ヴェスター。そしてウィリアム。お前達は確かに、この国の中枢部に居る官僚達と比較して、優秀とは言えない。それは自分達でも、既にわかっているとおりだ」

「はい」
「だがな、そんなものだよ。地方を治める伯爵以下の貴族は、そんなものだ。なぜならば、そなた達に必要なのは、我々のような新事業の立ち上げをする力や、サルヴェニア子爵領のような困難へ立ち向かう機動力ではない。地権者と融和し、自らの家を盛り立ててくれる関係者を大切にし、現状を維持し、ほんの少しそれをよくしてくれれば、それでよかったのだ。そしてヴェスター、お前はそれが問題なくできていた。だから私は、お前の力を惜しみ、サルヴェニア子爵領に関わらないよう伝えていたのだ」

ヴェスターは信じられないものを見る目で、国王を見ていた。

ヴェスターは、サルヴェニア子爵領の実態を知り、自らの無力さに打ちひしがれていた。しかも今回の件で、伯爵という爵位も取り上げられることとなる。ヴェスターのせいで、ウェルニクス伯爵家はその伝統を終える。最後に損害賠償の話まで持ち出し、恥をかいて終わった。そのありとあらゆる失態に、自らの無能さに、生きる希望を失うほど、絶望していた。

それなのに、今こんなときに、国王はそんなヴェスターの能力を評価していたというのだ。優秀でないヴェスターを知りながら、それでも必要だと考えていてくれていたのだという。

「今回の件、お前達が身の程をわきまえなかったが故に、サーシャ＝サルヴェニアの九年間を犠牲とすることとなった。彼女が苦境に耐えられず失踪したことにより、東部及び北部の経済網に甚大な被害が出た。私はそれを、罰を与えずに許すことはない。国王として、人として、それはあってはならないことだ」

「承知しております」

「ヴェスター＝ウェルニクス。お前の爵位を二階級下げ、男爵とする」

目を見開くヴェスターに、国王アダムシャールは、もう笑みを見せなかった。

「西部地方の北側に、寂れた村がある。今の領主である男爵は高齢独身のため、領地なしの男爵として引退させよう。縁もゆかりもない土地でやり直すのは、骨だと思う。そしてヴェスター、お前には国の損害を補填する義務があるので、その額を考えると、お前の手元に残る利益の大半は、おそらく生涯にわたり、国が吸い上げることとなる」

「はい」

「今までと違い、顔見知りの地権者も居ない。男爵としての生活は、実際に農作に手を出すこともあり、今までとは違った苦労をすることも多いだろう。だが、それをそなたに任せる」

「謹んで承ります。……ご温情、感謝いたします……」

ヴェスターは、涙をこぼしながら、その場に平伏した。ウィリアムも、同じように膝を突いた。

全てを取り上げ、失わせることもできたはずなのに、それをしないのだという。

国王は、こんなにも愚かなヴェスターに、やり直す機会を与えてくれたのだ。

きっと今までのヴェスターであれば、生殺しだと怒り、男爵など逆に侮辱だと腹を立てていただろう。男爵としての仕事をすることもなく、賠償金を払うこともできず、姿をくらませ、または自らの命を絶ち、ウェルニクス伯爵家にさらに泥を塗っていたに違いない。

けれども、これが本当に温情であることを、贖罪の機会であることを、今のヴェスターは理解することができた。

ヴェスターはもう、無能ではないのだから。

こうして、ウェルニクス伯爵家は、その長い歴史に幕を閉じ、西部地方のウェルニクス男爵家として、その形を改めることとなったのである。

第七章　顛末

国王の召集日当日。

ガイアス＝ガードナー次期辺境伯はその日も、愛する妻のことを考えていた。

彼は先日、サーシャ＝サルヴェニアを妻に迎えた。

めとったばかりの新妻は、本当に愛らしく可愛い。

貴族学園で婚約者持ちの悪友達が言っていたことが、今ならわかる。

(可愛く着飾らせると、見せびらかしたい一方で、誰にも見せずに閉じ込めたくなるし、見聞を広めたがる知的なサーシャに惚れたのに、気が付くといつも俺だけを見てほしいと思っちまう。どうかしてる……)

サーシャのことを思うだけで緩む口元を押さえたところ、さらに昨晩のサーシャとのあれやこれやを思い浮かべてしまい、一向に頬が引き締まらない。

「ちょっと。いけないことを考えてるでしょう」

馬車の中、腕を引っ張ってきたのは、新妻のサーシャだ。

ガイアスがやましいことを考えているのを悟り、頬を染めながら、ガイアスの気を引こうと体を揺さぶってくる。

国王の招集状に応じるため、前日から王都のホテルに泊まっていたガイアス達は今、馬車で王宮に向かっているところだった。気を利かせた父ガードナー辺境伯が馬車を分けてくれたので、今この馬車の中に居るのは、ガイアスとサーシャの二人だけである。

「いや？　可愛い妻のことを考えていただけだ」

「その頭の中の奥さん、服着てる？」

「俺の妻はなんていけないことを言い出すんだ」

「ちょっと、私を変態みたいに言わないで！」

ぽこぽこ肩を叩いてくる新妻が可愛いので、とりあえず抱きすくめておいた。しかし、愛しい妻が「だ、だめよ！　御前に出るためのヘアセットが！」と気にしだしたので、仕方なく腕を緩めて妻を解放する。

すると、顔を赤らめた妻が、ぷりぷりと怒っていた。

「外ではだめって言ってるでしょう」

「馬車の中だから構わないだろう」

「だめよ！　あの写真を見て、私、本当に怖かったんだから」

「あんなのは学園内だけさ」

新妻サーシャは、俺の取り寄せたウィリアムに関する資料――貴族学園内でのウィリアムの交際状況の隠し撮り写真に、心底慄いているのだ。そして、あれを見た後、外でサーシャを抱き寄せると慌てて拒絶するようになってしまった。由々しき問題である。

「貴族学園は特殊な環境だからな。あの学園に通う生徒達はみんな、未来の権力者だ。下級貴族からしたら、そのゴシップ一つで、十年食べていけるだけの財を手に入れられることだってある。そりゃあまあ、隠し撮りのオンパレードだよ」

「でもそんなの、安心して学生生活を送れないわ」

「うん。だから、撮影機を持って学園内を歩くには、学園の許可が要る」

「そんな許可、出ることがあるの？」

「新聞部ならな」

そういうわけで、例年、新聞部への入部希望者数は二桁後半に届くらしい。クジに小論文に面接にと、様々な選抜を経て、毎年七名だけが入部できるのだそうだ。

「奴ら風景写真と称して、いろんなゴシップネタを撮りまくって、部員のみが知る金庫に画像を保管しているんだ。どれを誰が撮影したのかも管理していて、写真を譲るよう依頼すると、撮影者がいろんな要求をしてくる。関連業者を専属の卸先にしろとか、人を紹介しろとか小うるさい要求のときもあるから、今回は金銭要求だけで済んでラッキーだったな」

けらけら笑っているガイアスに、サーシャはむくれた。

「それ、結局、隠し撮りが利益になるって言ってるだけじゃない。やっぱり外は危険だわ」

「夫婦で仲睦まじくしている写真を撮られるのは、問題ないだろう？」

「手を握るまでならね」

「サーシャ」

「腕を組むところまでは許すわ」

「砂浜でキ」

「ガイアス！」

涙目で叫ぶサーシャが、ガイアスには可愛くて仕方がない。

そんな初々しい妻を見て、ウィリアムが彼女に手を出していなくて本当によかったと、ガイアスは胸をなで下ろした。

ウィリアム＝ウェルニクス。

貴族学園であれだけ奔放に生活していたということは、きっと新聞部のことも知らなかったのだろう。

特別クラスでは常識の話で、上級クラスの一部も警戒しており、中級以下のクラスは逆に新聞部への加入希望という意味で知っている者が多い事実なのだが……。

（ま、耳が遅いっていうのは、貴族として致命的だからな。自業自得か）

耳ざとく賢い男であれば、サーシャを逃がすような真似はしないはずなので、ガイアスとしてはこれでよかったのだ。

ガイアスは可愛い妻を散々いじり倒しながら、上機嫌で王宮に辿り着いた。

そして、望みどおりの結果を手にした。

サルヴェニア子爵返上は認められ、サルヴェニア子爵領はダナフォール侯爵領に二階級昇格。

サイラス子爵代理とウェルニクス伯爵の責任を追及し、サーシャを奪われることのない環境を整えたのである。

最後の方はサーシャとの仲睦まじさをアピールしていただけで、全て父のガードナー辺境伯に任せきりだったので、気楽なものだった。

そして、ガイアスの仕事は、ここからだ。

「ガイアス、どこに行くの？」

「ちょっと野暮用。親父と一緒に待っててくれ」

「私も行く」

「だめだ」

「浮気……？」

「違うから！　ちょっと、心にも思ってないくせに、そういう責め方はやめろって」

「ガイアスと一緒に居たいの……」

「そういう心に来るやつもやめてくれ……」

手を握り、あの手この手で全力で引き留めようとしてくる新妻に、ガイアスは顔を赤くしてたじろいでいる。

そんな二人を見て、ガードナー辺境伯はくつくつと笑った。

「サーシャ、大丈夫だ」

「お義父様」

「息子に任せておいてくれないか。君のことは私が守ろう」

「は、はいっ……」

「親父もやめろ、サーシャを誘惑するな」

「お前、本当に面倒くさい奴だな。親の顔が見てみたいよ」

「鏡でも見てろ!!」

こうしてガイアスは、ガードナー辺境伯の下に妻サーシャを残し、一人で出かけた。

正確には、一人でというわけではない。

「ガイアス様。手筈は整っています」

「うん、わかった」

ガイアスが馬車に乗り込むと、ガイアスの腹心達が中で待っていた。

向かう先は、サルヴェニア子爵邸。

サーシャの、実家である。


サルヴェニア子爵邸に着いたガイアスは、子爵邸の主人の執務室と思われる部屋で、自分の部下に取り押さえられているその人物を冷めた目で見た。

——サイラス＝サルヴェニア旧子爵代理である。

「一介の平民に対して、どういうおつもりですかな。ガードナー次期辺境伯閣下」

「それはこっちのセリフだ、サイラス。お前の逃げ道はこの俺が塞いだ」

ガイアスの言葉に、へらりと笑っていたその顔が、醜くゆがむ。しかし、その表情は瞬時に鳴りを潜め、元のへらりとした顔に戻った。

ガイアスは、最初からずっと疑っていた。

調査し、関係者から話を聞き取らせ、報告書を読み込んだ。

この男を知る者は皆、この男のことを愚か者だという。

ただ、サーシャだけは、「わからない」と言ったのだ。

『サイラス叔父さんのこと、私、よくわからないの』

『うん？』

『信用ならない人だと思う。怠け者で、やる気がなくて、全てを私に押し付けて……でも、あの人……』

脳裏に浮かぶ、金色の髪に若草色の瞳の美しい妻の姿。

そして、目の前で取り押さえられている、金色の髪に若草色の瞳の年配の男。

サルヴェニアの血を引くこの男が、真実『愚か者』であるなどということがありえるのだろうか？

「お前、全てわかっていてやっただろう」

「……？　なんのことでしょうか」

「とぼけるな。お前は本当は、この子爵領を立て直すことができたんだ。領地経営のセンスがないなんて、全部嘘っぱちだ。できるのに、やらなかった。できないふりをした。そして、サーシャに全てを押し付けた」

「とんでもない言いがかりです。いや、私を高く評価しすぎ、と言えばいいのでしょうか」

「じゃあ、この架空の人物の口座はなんだ。用意周到な手口、無能な輩にできるものか」

ガイアスは、捕らえられ、身動きのできないサイラスに向かって、三つの銀行口座の証書を投げつける。

ここでようやく、サイラスは、先ほど一瞬見せた憎しみのような感情をあらわにした。

「なぜここまで、絡んでくるのです」

「お前が俺の妻に害を為したからに決まっている」

「もう仕返しはしたでしょう。子爵代理の地位は返上しましたし、賠償責任も負いました。十分ではありませんか」

「そうして、別人として高跳びするつもりなんだろう？　それのどこが『十分な仕返し』なんだ」

黙り込むサイラスに、ガイアスは逃げることを許さない。

「サイラス。お前、なぜそうやって生きている」

サイラスは、いらだちを感じていた。

そう、それは多分、九年ぶりの感情。

「お前ずっと、サーシャで腹いせをしていたんだろう」

そうだ。サイラスはずっと、サーシャに八つ当たりをしていた。

別に、サイラスが居る場所は、ここでなくても、どこでもよかった。

ここじゃないなら、どこでもよかった。

ここは父の選んだ土地だ。そして、兄さんが守ろうとした場所。
——うっとうしくて、重荷でしかないゴミみたいなところ。
サイラスはサルヴェニア子爵領のことを、ずっとそう思っていたのだ。

◇◆◇◆◇

サイラスは、生まれたときから、そこそこに頭がよかった。

何も努力せずとも、大抵のことは成し遂げられた。

計算もできたし、物覚えもいい。

けれどもそれは、兄もそうだった。

そして、父にとっても、当然のことのようだった。

だから特段、すごいことだとは思っていなかった。

サイラスが自らの能力に気が付いたのは九歳の頃、王都のお茶会に参加したときのことだった。

そのお茶会は、当時九歳の王太子アダムシャールのために開かれたものだ。王太子であった彼の婚約者候補と側近候補を見繕うためのものである。

公爵令嬢、侯爵家の令息達、そして、伯爵家の令嬢達。

早々たる面々が集まる中、サイラスは思っていた。

(こいつら、別に大したことないな)

様々な人と話をしてみたが、皆さして賢いわけではない。知識、知恵、会話の中での機転が足りない。

王太子アダムシャールですら、サイラスにとって尊敬の念を抱く存在ではなかった。

何しろ、サイラスの兄スティーブの方が、遥かに理知的で頭の回転が速かったからだ。

宰相の息子と話をしたときは、嫌な感じがしたので、あまり口を開かないようにしておいた。頭がいいだけじゃない。あれは、兄と同じ部類の人間だ。人がよくて、頭のよさを誰かのために使おうとしている、サイラスが嫌っている人種。

そしてサイラスは、このとき初めて、自分の家、サルヴェニア子爵家に関する評価を知ったのだ。

(もっと上を望めたのに、こんな土地のために、子爵にとどまって、苦労だけして……)

あの優秀な父が、日々手をこまねいているのを見ながら、統治とは大変なものだと考えていたが、実際のところは違ったのだ。

このサルヴェニア子爵領自体が、問題だったのだ。

もっと楽をして、正当な評価を受けられる場所があったというのに、父はなぜか、この地に居を定めてしまった。兄も、父を助け、この地を引き続き治めるつもりでいる。

そこには、サイラスの手助けも、勘定に入っているようだ。

サイラスは、嫌だった。

サイラスは、父や兄ほど優秀ではないが、国内ではそこそこ上位に入る程度には賢いようだ。なのに、父と兄が選んだ負債のせいで、サイラスまで苦労してしまう。

それがどうしようもなく嫌だった。

だからそれから、できないふりをした。

(やればやるだけ、損をする。苦労をして、仕事をやらされて、栄誉も実りも少ない。そんなことに、私を巻き込むな)

貴族学園の入学試験も、手を抜いた。下級、中級、上級、特別の四つのクラスがある中、あえて下級クラスに入るよう調整した。決して学びをおろそかにしたいとは思っていなかったので、知識は自習と兄からの情報である程度学び、ときには自分のクラスの授業をサボって、窓付近に隠れながら上級生の授業を見て勉強した。

けれども、勉強ができそうな様子は、一切外に見せなかった。

やる気がないところは、しっかりと外に示した。

そうして出来上がったのが、『サルヴェニアの落ちこぼれ、サイラス＝サルヴェニア』である。

昔は優秀だったのにと嘆く母には、「学園入学の手前の勉強でつまずいた」「早熟だっただけなんだ」と言ってごまかしておいた。

それを横で聞いていた父と兄は、特に何も言わず、サイラスの主張を信じた。父も兄もあれほど理知的で頭がいいというのに、末子のこととなるとなぜか脳みそが鈍るらしく、サイラスのことを疑いもしなかった。二人のそういうところも、サイラスは嫌いだった。

そうこうしているうちに、父母がそれぞれ、脳溢血《のういっけつ》で亡くなった。あの子爵領を管理し、睡眠時間を削った結果、無理がたたったらしい。

泣いている喪主の兄を横目で見ながら、サイラスは呆然としていた。その後、さらに気持ちを固めた。

(私は絶対に、あんなふうにはなりたくない)

その後、兄がサルヴェニア子爵となり、婚姻し、姪のサーシャが生まれた。

この頃には、サイラスも子爵家の三女を妻としてめとっていた。

サイラスは兄スティーブの手伝いをしていたけれども、必要以上に仕事を任されないように、絶妙に官僚がいらだつであろうポイントで混ぜ返すなど、仕事ができないふりに注力した。

全ては、このふざけた子爵領から、自分の身を守るためだ。

兄は子爵領の立て直しを図るべく、馬車馬のように働いているけれども、サイラスはそんな風に生活を犠牲にして生きるのは嫌だった。

こうして、できないふりが板についてきた頃、なんと兄夫妻が事故で亡くなってしまった。

サイラスは愕然とした。そして、焦った。

このゴミだめのような子爵領に残ったのは、自分の家族と、九歳の姪サーシャのみ。

（どうする？　逃げるか……？　別に、この地に興味はない）

サイラスは子爵の弟という地位に、さほど執着していなかった。

どこへ行こうとも、食いぶちを稼ぐだけの頭脳はあると、自負してもいた。

家族を養う程度であれば、適当に稼げば何とかなるだろう。

しかし、それとは別に、いらだちがあった。

――なぜ、サイラスがこんな風に、居を移動するような羽目になるのだ。

（全部、父さんと兄さんのせいだ。全部、全部が……）

父と兄が、例えば普通の伯爵であったならば、二人が亡き後、弟のサイラスが余裕で伯爵代理を引き継ぎ、人としての生活を維持しながら、サーシャを子どもらしく育てることもできたであろう。

こんなふうに、人生を揺らがすような選択をしなくともよかった。

なのに、あいつらのせいで。

「サイラス叔父さん。この場所に、宿を作ったらどうかな。多分みんな、便利だと思う」

心が真っ黒に染まったサイラスの傍で、目の前の地図を見ながら、サーシャがポツリと呟いた。

それは、サルヴェニア子爵領内を示した地図だ。

それを見ただけで、サーシャはなんの気なしに、面白い提案をしてきた。

そのとき、サイラスは思ったのだ。

(サーシャ……この姪がいれば、私はまた、自堕落な私でいられる。子爵の弟ではなく、今度は、子爵の叔父として……)

◇◆◇◆◇

捕らえた者と、捕らえられた者。

サルヴェニア子爵邸の子爵執務室の中、床に押さえつけられたサイラスと、それを見下ろすように立つガイアスは向き合っていた。

「腹いせ。腹いせ、ね。言い得て妙なことだ」

「サイラス」

「私はね、ガイアス卿。別に、サーシャだけじゃない。この土地も何もかも、全部嫌いだったんだよ」

知性を感じさせるその表情に、ガイアスはため息を吐く。

サーシャをこの場に連れてこなくて、本当によかった。

ガイアスは、今まで全力で走り続けてきた妻に、これ以上、余計なものを背負わせたくはなかった。

「あの子ごと、こんな子爵領、潰れてしまえばよかったんだ」

「……子爵領に関しては、その気持ちもわからないではないが」

「あの子が潰れたところで、適当に引き揚げるつもりだったんだ。何しろ、九歳の女の子だぞ？　統治なんかできると思うものか」

「……」

「なのに、あの子が想像以上に頑張ってしまった。子爵領は、潰れるどころか、若干持ち直していた。天賦の才だよ、あれは。私にとっても想定外だった」

話すべきではないと思うのに、言葉が口から次々とあふれ出てくる。

サイラスは、自分のことながら相当我慢し、ため込んでいたのだと、失笑した。

「だから、あの子が長く苦しむことは、私の本意ではなかった。……とはいえもちろん、天才のあの子が苦しんでいる姿を見て、胸がすくような思いもあったさ。父と兄が望んで選んだこの土地が、彼らの大切な嫡子であるサーシャを苦しめている。そう思うと、馬鹿な奴らだと、笑いが止まらなかったね」

「なるほどな」

「私が阿呆のふりをしていることにも気が付かないまま勝手に早死にした、馬鹿な奴らだ」

「――それは違うぞ」

は、と動きを止めたサイラスに、ガイアスは肩をすくめる。

「現宰相閣下に聞いたよ。彼は、あんたの本質を見抜いた上で、歴代サルヴェニア子爵の二人に聞いたらしい――なぜ、あんたが能力を隠しているのかってな」

「はっ、な、何を……」

「宰相閣下だけじゃない。あんたの親父も兄貴も、あんたが能力を低く見せていることに気が付いていた」

「そんな馬鹿な！　父も兄も、何も言わなかった！　そんなことは、一言も……」

「あんたの親父と兄貴は、あんたのことを理解した上で、申し訳なく思っていたそうだ。だけど、この子爵領を捨てることはできないと。……これ、二人があんたのために貯めてた金だろ。あんたの作った口座を探すときに一緒に出てきたよ」

ガイアスは、もう一枚の架空の口座の証書を見せる。

随分な大金がそこには記帳されていた。

口座の名義人は、サイ＝ラス。

「あんた達家族は本当に、いろんな口座を作るのが好きだよな」

「なんだ、これは……」

「あんたさ、なんでもっと早くに、この土地を出なかったんだ？」

息を呑むサイラスに、ガイアスは続ける。

「この金はおそらく、あんたが独立したいと言い出したときのために、あんたの父と兄が貯めていたものだ。宰相閣下にも、『この土地に縛りつけられた幼少期を過ごさせて、申し訳なかった』と言っていたらしいからな。……でも、あんたはこの土地から出ていかなかった。父と兄の側で、自堕落に過ごす方を選んだんだ」

「わ、私は……」

「あんた本当は、親父と兄貴のこと、結構気に入ってたんだろう」

「違う!!」

(違う。そんなはずがない！　私は、父さんと兄さんを、憎んで……)

憎んで、その生き方が許せなくて、手本を見せていた。

見せしめのように、自堕落な自分を見せて、思い直すべきだと、暗に訴えていた。

白い顔をしているサイラスに、ガイアスは息を吐く。

「まあいい。国王陛下の勅命を預かってる」

呆然と見上げてくる男に、ガイアスは勅命書を掲げる。

「サイラス＝サルヴェニア。お前は北端の修道院に九年間軟禁だ。その代わり、国への賠償額は半額に減額となる」

サイラスは絶句した。

それは、サイラスが最も嫌がる罰だった。

金なら、適当に稼げばいい。

別人に扮することができなくても、大商人にでもなればいい。金策など、サイラスにとってはさまつな問題だ。

それなのに、この罰は——。

「宰相、あいつ！」

「お勤めが終わったら、その後は高跳びするなり何なり、好きにするといいさ。——連れていけ」

親の敵《かたき》を見るような目で睨んでくるサイラスに、ガイアスは肩をすくめながら、部下に指示する。

二人は、それ以上会話をしなかった。それは不要なものだ。

ただ、サイラスは怒りに燃えた目で、立ち去るガイアスをずっと見ていた。

「それで、あんたはこの顛末を見て、どう思ったんだ」

廊下に出たガイアスは、視線の先、白い髪に若草色の瞳の長身の男に向かって声をかける。

サルヴェニア子爵領の家令——グレッグ＝グスタール。

「残念だと思っていますよ」

「何について？」

「伝統あるサルヴェニア家を存続させることができませんでした」

「なるほどな。サーシャに対する謝意はないわけか」

穏やかに笑う家令グレッグに、ガイアスは冷たい目線を送る。

「彼女は子爵です。やるべきことをしただけですよ」

「サーシャは成人したばかりだ。九年間未成年だった彼女に、子爵業を営む義務はなかっただろう」

「それでも、やらねばならなかった。そうでなければ、サルヴェニア子爵家が存続できないからです」

「グレッグ＝グスタール。なぜお前は、サルヴェニア子爵家にこだわる。お前は、グスタール一族の者だろう」

サーシャの祖父である初代サルヴェニア子爵ザックス＝サルヴェニアの出自、グスタール辺境伯家。その部下である家令グレッグの姓が、グスタール。その出自は、グスタール辺境伯家で間違いないだろう。

「私は初代サルヴェニア子爵であらせられるザックス＝サルヴェニア様の腹心として、この地にやってまいりました」

「腹心、ね」

「私はあの方のやろうとしたことを実現させるために、ここに居ます。そして、実現したそれが、サルヴェニアの功績であることを示すために、ここまでやってきたのです」

笑みを崩さない家令グレッグに、ガイアスは嫌そうな顔をする。

「あんたの主が、孫のサーシャの苦境を喜ぶわけがないだろう」

「主君の能力、実績を知らしめるためには、多少の犠牲は必要です」

「多少ではなかったと思うがな」

「それでも、必要なことでした」

「違うね。あんたは、楽な道を選んだだけだ」

ピクリと軋んだその笑顔に、ガイアスは吐き捨てるように続ける。

「あんたはサイラスがサボっていることもわかっていただろう。なのに、放っておいた。そして、言うことを聞く幼子に、全てを押し付けたんだ」

「やる気のない者に手をかける時間がなかったのですよ」

「それは嘘だな」

「今居る人材でやりくりせねばならない中での、仕方のない選択です」

「子爵代理を代えるよう、国に訴えればよかったんだ」

真っすぐに見据えるガイアスに、家令は動かない。

「サイラスが子爵代理として統治しているように見せかける必要なんてなかった。そうしたら、新しい子爵代理がやってきて、この地を治めてくれただろうさ。今回俺達がやったみたいに、子爵を返上してもよかった。そうすれば、また何代も子爵が代わるうちに、この地を伯爵領か侯爵領に昇格させる話が浮上しただろう」

「……」

「なのにあんたは、サルヴェニアの血筋以外の者が、この地の当主となることを嫌がった。そして、サイラスを奮起させることも、面倒だからと放置した。あんたは、あんたが満足するやり方の中で、一番楽な方法をとっただけだ。そうして、一番逃げ場のないサーシャを犠牲にした」

家令は、何も言わなかった。

ガイアスの言うことを、肯定もしないが、否定もしない。

「あんたは、クビだ」

「……私が居なかったら」

「引き継ぎは、サーシャと各部の部長にさせる。別にあんたはこの土地に要らない」

カッと顔を赤らめたグレッグに、ガイアスは意地の悪い笑みを浮かべる。

「……先ほどの、サイラスへのやり口といい……あなたは、人をあおるのが得意なようだ」

「誉め言葉をありがとうよ」

グレッグはそのまま、子爵邸を出ていった。

ガイアスはその背中を見送ることもせず、ただ、愛しい妻に会いたいと思いながら、空を見上げた。

エピローグ

空は快晴。

夏の日差しが降り注ぐ中、私サーシャと夫のガイアスは、海辺の砂浜に遊びに来ていた。

数カ月前、私の実家のサルヴェニア子爵家は取り潰しとなり、サルヴェニア子爵領はダナフォール侯爵領へと姿を変えた。

現在、ダナフォール侯爵領の統治は問題なく行われているようだ。

ガイアスが家令グレッグをクビにしたと聞いたときには驚いたけれども、私と各部の部長達で無事にダナフォール一家に引き継ぎもできた。ダナフォール一家は非常に頭の回転が速く、何を伝えても、乾いた土に水をやったがごとく吸収されていくので、引き継ぎは楽しかった。

いや、後半はむしろ恐ろしさを感じるほどだった。ただ、私が「ダナフォール一家、優秀すぎてもはや怖いわ」と統治部の部長に愚痴を言ったところ、「ご自分のことは見えないのですね……」と呟くばかりで、共感してもらえなかったのは残念なことである。

「でも、心配だなー。鉱山長とか、どうなったかしら」

「心配するような相手か？」

「うん。彼ね、いつも怒鳴るけど、ああやって自分が前に立って怒鳴ることで、他の人達の怒気を抑えていたみたいなの。『頭の悪い俺にはこういう方法しか採れない』って悩んでいたものの。とはいえ、ただかんしゃくを起こして怒鳴り散らすときも多かったから、私は苦手だったんだけどね」

朗らかに笑いながら、私は裸足になった足で、足元の海水を散らす。

半年前は、こんなふうに穏やかな気持ちで、昔の話をできるようになるなんて思ってもみなかった。

（きっと素敵な旦那様のおかげね）

そうして気が緩んだところで、強風で日傘があおられ、バランスを崩した私は海の中にべしゃっと尻もちをつく形で転んでしまった。

「サーシャ！」

「びっくりした。服がびしょびしょ！」

「だからやめた方がいいって言ったのに」

「どうしても、水遊びがしたかったんだもの」

「……人払いをしていて本当によかったよ」

海水まみれでけらけら笑っている私に、ガイアスはタオルを被せる。

私はありがたくそのタオルを受け取った。

「だって、男性は海の中に入って遊ぶじゃない。私だって遊びたいわ」

「貴族の女は、海は日焼けするから嫌だって避けるものなんだけどなぁ」

「こんなに綺麗な場所を避けるなんて、人生損してると思うわよ？」

「そうか」

本当に嬉しそうに笑うガイアスに、私はふと、伝えていなかったことを思い出した。

「そうだ。昨日、従妹のソフィアが私のところに突撃してきたわ」

「んん？　ちょっと待て。それ、大丈夫だったのか」

「うん。要はただの、お金の無心だったから」

「……融通したのか？」

立ち上がった水浸しの私をタオルで拭いながら、ガイアスは心配そうな顔で私を見ている。

そんな彼に、私は満面の笑みで微笑んだ。

「まさか！」

✲　✲　✲

昨日のソフィアの訪問は、当然と言えば当然なのだが、アポイントメントなしでのものだった。

侍女からソフィアが来ていると聞いたときには本当に驚いた。

平民に過ぎない彼女は、次期辺境伯夫人である私に、会いたいと思って会える身分ではない。面会するかどうかは、私の一存で決まる。

少し悩んだ後、私はソフィアと面会することにした。

「サーシャ姉さん！　会ってくれてありがとう、本当に嬉しいわ！」

ソフィアは、私が応接室に入室するなり駆け寄ってきたけれども、護衛に阻まれて、私に接触することはできなかった。

鼻白むソフィアに、私は微笑みながら、着席を促す。

「ソフィア、久しぶりね」

「サーシャ姉さん！　あのね、私達、すごく困ってるの。私達家族でしょう？　助けてくれないかしら」

助けてもらえると確信を抱いた表情ですがってくるソフィアに、私は沈黙した。

『私達』というのはおそらく、ソフィアと、ソフィアの母、そしてソフィアの兄セリムのことだろう。

「父が修道院に行かされてしまって、お金がないのよ。せっかく貴族学園に通っていたのに、学園をやめなくてはいけなくなりそうなの。お願い、助けて。次期辺境伯夫人なら、自由になるお金も沢山あるんでしょう？　私達への援助なんて、はした金よね？」

叔父サイラスの家族。

私に対して、具体的に何をしたわけでもない。

逆に、優しくしてくれたことも特になく、私の資産を使って、贅沢な暮らしをし、ドレスを買い、身を飾り、貴族学園に通っていた人達。

「ソフィア。私、あなた達から、家族として扱われたこと、ないと思うのだけれど」

「えっ」

「私が普段何をしていたのか、知ってる？　私の好きな色、好きな食べ物、どういうところに行って、何をしたいと思っていたのか、一つでもわかるかしら。お誕生日にプレゼントをくれたことはある？　建国記念日の家族パーティーに誘ってくれたことは？」

私の質問に、ソフィアは目を泳がせる。

「で、でも、同じ屋根の下で生活していたじゃない！」

「私の稼いだお金でね。叔父さんの収入だけでは、あんなふうに贅沢な暮らしはできなかったわ」

「そ、そうよ。あなたが私達を、養ってくれていたの。それは、家族だからでしょう？」

「違うわ。未成年の私にお金を扱う権利がない中、叔父さんが私の資産を好き勝手に使っていた。ただそれだけよ」

青い顔をするソフィアに、私は何の感情も込めない目線を送る。

「だけどね、ソフィア。この九年間で、あなたは一度だけ、私に声をかけてくれたことがあるの」

ソフィアは驚いた顔をした。

どうやら、覚えていないのだろう。

「私が廊下で転んだとき、『大丈夫？』って声をかけてくれた。手当をするとか、そういうことはなかったけれども、ただ、心配する言葉をかけてくれたわね」

「……サーシャ、姉さん……」

「だから、その恩義に報いるため、今日は面会をすることにしたのよ」

瞳に期待を浮かべるソフィアに、私は目を伏せる。

「あなたは平民で、私に会うこともできない立場だわ。最後にこうして会話をする機会をあげたことが、私の恩返しよ」

「そ、そんな！　たったそれだけ⁉」

「たったそれだけを、手にする力があなたにはないのよ。今までのように贅沢をする力も、あなた達にはないの。分不相応な生活をしてきた過去は、これからの分不相応な生活を保障するものではないわ」

怒りに満ちた顔をするソフィアに、私はこの日、初めて彼女に向かって微笑んだ。

「したいことがあるなら、自分の力で成し遂げるのよ。あなたにもきっとできるわ。私、あなたのこと、甘えた女だと思っているけれども、無能ではないこと、知っているもの」

「……？」

「全部わかっていて、知らないふりをしてきた人だって知ってる」

ギクリと肩を震わせるソフィアに、サーシャはただ微笑む。

「私の従妹、ソフィア。あなたは決して、無能じゃない。知っていて知らないふりをしていた、叔父さんの共犯者。私、自分を虐げた人に情けをかけるほど、愚かじゃないの」

「……！」

「そして、私の辛かった過去は、もう私だけのものじゃない。私の気持ちに共感して、私を助けたいと思ってくれた大切な人達のものでもあるのよ。私があなたに過度の情をかけて許し、あまつさえ援助をすることは、私を助けるために力を貸してくれた人達を足蹴にすることと同義だわ」

真実、人を許すことは難しい。

一方で、理不尽に人を許すことは、簡単で、心地のいいことでもある。

今まで自分を虐げてきた人達が、許しを乞うてくる。おろそかに扱われてきた自分が、少し優しくするだけで、彼らが媚びへつらってくる。復讐心と虚栄心を満たしながらも、『許さない』『罰を与える』というエネルギーの必要な行為が不要となる、ぬるま湯につかるような世界がそこにはある。

そしてそれは、人としての道理に背く行為だ。

人を虐げた者達を理不尽に許し、優遇することは、誠意を持って真面目に生きている人達への侮辱である。

「そんなことをしたら、私に残るのは、『許した』という優越感と間違った正義感、そして私を足蹴にしたあなた達だけよ。だから、私はそうしない」

「サーシャ姉さん、でも！」

「さあ、お客様がお帰りよ。連れて行きなさい」

ソフィアは何か叫んでいたけれども、私はそれを聞かずに、扉を閉めさせた。

こうして、ソフィアとの面会は終わった。

きっともう、一生会うことはないだろう。

✿ ✿ ✿

「……そうか」

話を聞いたガイアスは、安心したように、そう呟いた。

私はそんな彼に、肩をすくめる。

「あら。私、そんなに信用なかった？」

「いや。ただ、家族っていうのは難しいものだから」

「……そうね。あの人達がこの九年間、私を家族として中途半端に受け入れていたら、もっと迷ったと思う」

ソフィア達が、下手に私に優しくしていたら、私はどうしただろうか。私を馬車馬のように働かせながらも、気休めの言葉だけはかけ、贈り物をし、家族の団欒に誘っていたら……。

そう考えて、私は、考えるのも無駄だと思い、思考を止めた。

「そうだとしても、私は援助しなかったと思うわ。そういうことにしておく」

「サーシャ」

「だって、私はあの人達より、ガイアス達をもっと大切にしたいんだもの。私を助けてくれた大切な人達を優先する。それだけは、何があっても、絶対に違わないはずだから」

迷いなくそう伝えた私に、ガイアスが抱き着いてくる。急に抱きすくめられて、私は驚いて日傘から手を放してしまった。貴族夫人向けの可愛らしい日傘は、風に乗って、海を滑っていく。

「ちょっと、日傘が飛んでいっちゃった！」

「いい」

「ガイアスまで濡れちゃったじゃない」

「愛してる」

急に何を言い出すのだ、この旦那様は！

「な、何よ！　濡れネズミの私が好きなの？」

「どうやらそうらしい」

「惚れなおしちゃったの？」

「うん。大切にするよ。絶対に守る」

「あ、それなんだけど」

「ん？」

「あのね。多分、大丈夫だと思う」

少しだけ腕を緩めたガイアスに、私は満面の笑みを向ける。

「今までずっとね、誰かに守ってほしいと思ってたの。助けてって、どうして私ばっかりって思ってた」

疲労困憊だった子爵領での日々。

あの辛くて苦しい九年間、ずっとずっと、私は呪いのようにそう思っていた。

亡くなった父を恨んだこともある。いつも支えてくれている部下の失敗に、涙が出たことも何度もある。

「でもね、いざガイアスが守ってくれると思ったらね。なんだか私、守ってもらうよりも、私もガイアスを守りたいと思っちゃった」

「サーシャ」

「支えてくれる人が居たら強くなれるのね。だからきっと、私は大丈夫。私、ガイアスの奥さんになれて、本当によかった」

「ま、またそういう殺し文句を……」

「えっ？　あっ、ちょっと――わぁ！」

なんと、ガイアスは私を抱きしめたまま、足の力を抜いて、海の中に倒れ込んでしまった。

バシャーンと大きな音を立てて倒れ込んだ私達は二人とも、頭から海水を被ってびしょ濡れだ。

「何してるの！」

「今のはサーシャが悪いと思うぞ」

「顔が赤いわ。照れてるの？　次期辺境伯は、たったあれだけで照れちゃうの？」

「そういうのは自分に返ってくると学習しない辺りが可愛いよな」

「あ、ごめんなさい。なんでもないです、ガイアス様は水も滴るいい男です」

「もう遅い」

そのままさらりと唇を奪われて、私は顔を真っ赤にして抗議する。

「外ではだめって言ったのに！」

「砂浜でキスは許してくれるんじゃなかったかな」

「海の中だわ」

「うーん口が減らない」

「そういうところも好きなんでしょ？」

「心底惚れてる」

「……なら、許す」

「本当に、あんたは可愛い奥さんだよ」

「素敵な旦那様のおかげよ」

こうして、私達は改めて、夏の日差しが降り注ぐ中、南の海の中で幸せなキスをした。

✽　✽　✽

その後、夏が過ぎ、秋が来て、冬を迎えた。

ガイアスはいつだって、私の傍にいてくれるし、素敵な人達に囲まれて、私は次期辺境伯夫人として、忙しく過ごしている。

そんな中、私は、たまに、ふと外に行きたくなったあの日のことを思うのだ。

疲労困憊で、あの日失踪した、子爵の『サーシャ＝サルヴェニア』。

(でも、そんなサーシャは、もう居ない)

なぜなら、今居るのは、大切な人達に囲まれて過ごす『サーシャ＝ガードナー』だからだ。

愛しい人の妻となった、幸せな女性。

そして、そんな今の『サーシャ』をずっとずっと大切にしていこうと、私は改めて、心に誓うのだった。

番外編　ダナフォール侯爵と鉱山周り

第一章　一代伯爵ダグラス＝ダナフォール

カーティス＝ガードナー辺境伯はその日、一代伯爵であるダグラス＝ダナフォールを王都の高級レストランの個室に呼び出し、対面していた。

＊　＊　＊

カーティスは先日、息子から恋人ができたと言われ、その可愛い恋人を紹介された。

そして、内心ギョッとした。

なんと、その場に現れたのは、金色の髪に若草色の瞳をした、まだ年若い女性——国を挙げて捜索中のサーシャ＝サルヴェニア子爵本人だったのである。

正直初めは、やっかいな恋人を連れてきたものだと息子に呆れたけれども、サーシャ本人と話をしてみて、カーティスはその考えを改めた。

彼女は美しいだけでなく、理知的で、己の立場をわきまえている。会話の端々にその有能さが垣間見える。要するに、次期辺境伯夫人としての資質を備えた女性だったのである。

そして何より、息子を利用しようとする意図がなく、ただ息子を好いているところが好ましい。

ただ、後者については、カーティスはあくまでも男性であるが故に、無意識に、うら若き女性であるサーシャの演技に騙されている可能性がある。

なので、妻キャロルを頼ることにした。

「うん。サーシャちゃん、いいと思うわよ！　可愛い子よね」

サーシャとの対面が終わった後、妻キャロルはふわふわのストロベリーブロンドの髪を揺らせながら、にっこり微笑んだ。

その微笑みを見て、カーティスは、ならば問題ないかと納得する。

カーティスの妻キャロルは、さして学力の高い女性ではない。

隣地の伯爵家の長女であり、カーティスの幼馴染でもあった彼女は、貴族学園に通ってはいたものの、編入したクラスは上級クラス。成績も下の方で、「私、あんまり頭がよくないのよねぇ」と本人もぼやいていた。現在は、本人の意向もあり、ガードナー辺境伯領の統治に関わることもしていない。

その辺りを見て、長男のガイアスは不満を抱いているようだ。

しかし、カーティスは妻本人や長男とは違い、妻キャロルのことを、頭のいい女性だと思っている。

実は妻キャロルは、カーティス以外の前では見せないようにしているが、物事を整理して考えることが苦手なだけで、その感覚力、人を見る目は誰よりも優れているのだ。

彼女は腹に一物抱えている者を見たとき、その場ではニコニコ笑いながらも、後でカーティスにおびえたような顔で報告してくる。お茶会や夜会も苦にせず、人当たりがいいので彼女の周りには人が集まりやすいのだが、彼女はそうして周囲から得た情報の中から、「よくわからないけれど、この話、なんだか変だと思うのよ」とカーティスに話を振ってくる。

そしてそれは、こと社交の場において、カーティスを全面的に助けるものであった。

人の機微に敏く、悪意やほんの少しの違和感を見逃さない不思議な鋭さを持つ彼女は、統治のやり方には詳しくなくとも、この辺境伯家において間違いなく必要な人物であり、誇るべき辺境伯夫人なのである。

こうして、妻キャロルのお墨付きを得たカーティスは、サーシャからの話を元に調査を始めた。

そして子爵家の現状を把握し、ガードナー辺境伯家としてサーシャの味方につくことを決断した彼は、本日、子爵領を侯爵領に昇格させるための根回しの一環として、侯爵候補の男に接触を図ったのである。

◇◆◇◆◇

カーティスの目当ての男、ダグラス＝ダナフォールは、王宮にて官僚として働いている一代伯爵だ。

内々に話をするに当たり、彼をガードナー辺境伯領へ呼びつけ、二カ月近くの長旅をさせるわけにはいかない。

そして、カーティスは国の端の方に位置する領地を管轄する永代貴族であるため、一代貴族のダグラスと違い、単身であれば、王都への転送魔法陣をある程度自由に使うことができる。

だから、今回の面会場所は王都とした。それだけでなく、情報が洩れにくいように、ガードナー辺境伯の王都別邸ではなく、個室のある高級レストランで話をすることにしたのだ。

カーティスがレストランの個室に足を踏み入れると、そこには既にダグラスが待っていた。

貴族の礼をする彼を見て、カーティスは目を細める。

(なるほど、これがダグラス＝ダナフォール……)

細い顔、吊り目がちで怜悧な瞳をした、美しい男だった。

細身で背が高く、猫っ毛ぎみのダークブロンドの髪。五十に手が届こうというこの年で髭を伸ばさず、外交官の武器である笑みをしっかりと顔に貼り付けている。一見柔和そうな笑顔、しかし、その奥には油断のならない野心の炎が燃えている。

若い頃は――いや、今でも異性の人気を博しているであろう、色男だ。

全力でやり手の男であることを示すそのいで立ちに、カーティスは目を細めた。

（うん。悪くない）

カーティスは内心ほくそ笑んでいた。

この男ダグラスは、見た目や表情を整えることの意味合いをわかっている。生まれ持った才でもあり、外交官として磨いてきた技術でもあるのだろう。

そしてそれは、サルヴェニア子爵領という統治の難所を統べるに当たり、必要なことだ。

挨拶もそこそこに、カーティスとダグラスは談笑を始めた。

すぐに侯爵打診の話には踏み込まない。

食事を伴う接待のマナーだからというだけでなく、カーティスは、ダグラスと面識はあるものの、深く話をするのは初めてであったため、彼とまずはじっくり話をしたかったのだ。

息子の後押し、そして調査結果はあるが、最後は己の目で判断する。それが、カーティスの辺境伯としてのやり方であった。

メインの肉料理が終わり、デザートが来るまでの間、ようやくカーティスは本題を切り出す。

「実は、サルヴェニアの地を治める人材を探している」

穏やかに微笑むカーティスに、ダグラスは驚かなかった。

それどころか、彼も彼で、その穏やかな笑みを崩さず、手に持ったワイングラスを置くと、テーブルの上で手を組んだ。

「爵位は」

「侯爵」

「乗りましょう」

軽く目を見開いたカーティスに、ダグラスは目を細める。

カーティスは苦笑した。

「いつからだね」

「ガイアス卿がうちの愚息に話をしたでしょう？」

「全く、仕事ができる男はこれだから怖い」

肩をすくめるカーティスに、ダグラスは朗らかに笑う。

「それで、どこまでわかっているのかな」

「サルヴェニアの地を治める人材を探していること。あの地の荒れ具合と、必要なもの。荒れた子爵領や、子爵捜索が国王の指示により行われているところを見るに、子爵の婚約者の実家ウェルニクス伯爵家は、今回の件に関して上手く機能していないのでしょうね。あとはそうですね、ガードナー次期辺境伯に最近恋人ができたことでしょうか」

「……なぜここから馬車で二カ月近くかかる我が辺境伯領のことを、たった一、二週間やそこらで調べ上げているんだろうね」

「外交官が国の端の最新情報を知らない方が怖いでしょう？」

「それもそうだ」

乾いた笑いしか出ないカーティスに、ダグラスは満足そうに微笑む。

「私は元より、永代貴族になりたいと考えていたのです。そして、その機会があるのであれば、それを逃す気はありません」

「ダグラス卿」

「ガードナー辺境伯閣下。あの地を治める者を探しているのであれば、どうかその栄誉を、私に与えてはくれませんか」

「家族への相談は済ませているのかね」

「もちろんです。元官僚の妻と、長男ダニエルは共に来ると言っています」

「ふむ」

考え込むカーティスに、ダグラスは余裕のある笑みを浮かべながらも、手に汗を握っていた。

ダグラスは、永代貴族になりたかった。本当に本当に、なりたかった。

それは、幼い頃から力を持て余していた彼の、人生の最終的な目標であったのだ。

ダグラスは伯爵家の二男に生まれ、その能力は嫡男の兄よりも優れていると、自他ともに認めていた。

ダグラスの兄はある日、そんな弟に『お前が伯爵家を継ぐべきだ』と伝える。しかし、なんとこの不遜な弟は、『悪いな兄さん。伯爵領では足りない。自力でもっと上を目指したい』と告げたのだ。あの日の兄の度肝を抜かれた顔を、ダグラスは今でも鮮明に覚えている。

そうして王宮勤めの官僚となり、様々な部署を経験し、外交官として名を上げ、早々に一代伯爵の地位を手にし――そこで、行き詰まっていたのだ。

（永代貴族の枠がない！）

永代貴族といっても、子爵家レベルであれば、そこそこに入れ替わりもある。ダグラスであれば、今までの功績を利用して問題なく就任することができるだろう。

しかし、子爵では足りないのだ。

ダグラスの野心は、その程度の領地経営で満ち足りるものではない。そして何より、そこに空き枠さえあったならば、伯爵、いや侯爵ですら、こなす自信があった。

けれども、伯爵家は穏当に領地を治めていることが多く、戦もない昨今、新たな永代伯爵の地位を設けること自体が少ない。新設の侯爵家に至っては、ここ六十年、例を見ない。

（運よく、近隣の子爵領に空きが出れば、そこを統合して……いや、裏で手を回さないと難しいか……）

流石のダグラスも、野心のために子爵領を潰す根回しをするのは躊躇われる。

もはや永代貴族は諦め、一代侯爵狙いで突き進むべきなのだろうか。

そう悩んでいたところに、長男ダニエルが今回の話を持ってきたのである。

「父上。飲みの場での話なんだけどさ、これは調べておいた方がいいと思う」

長男ダニエルによると、ガードナー次期辺境伯がわざわざ王都にやってきて、ダニエルに飲みの場で『仮に永代貴族となる話が出た場合、どうするか』という仮定の話を振ったらしい。

「子爵なら受けないな。あとは、話を振ってきた人物が、俺達をどこまで評価しているか次第ってところだ」という息子ダニエルの回答に、ガードナー次期辺境伯は「へぇ、流石だな」と嬉しそうに笑っていたという。

ダグラスは快哉の声を上げた。

『息子を育てていたのはこのときのためかもしれない』という、息子に怒られそうな考えを抱くほどに喜んだ。実際、ダニエルに抱き着いてその思いを口に出してしまったので、その場で「くそ親父！」と怒られた。

次期辺境伯が関わっているとなると、間違いなく伯爵位以上の領地の話となるはず。

であれば、飲みの場の噂話程度であっても、裏事情を確かめる価値はある！

ダグラスはすぐさま、国内の情勢を洗い直した。

今現在荒れている地、不安定な貴族の一族、そして何より、ガードナー辺境伯領の情報。

調査の結果、国内で揺らいでいるのは、やはり子爵家以下の貴族の家ばかりであり、伯爵家以上の家は特に変動はなさそうであった。となると、今回仮に伯爵家以上の永代貴族の枠ができるとしたら、領主が失踪したという、統治の難所であるサルヴェニア子爵領ぐらいのものであろう。あの地であれば、統治の難易度故に、爵位を上げる話が出てもおかしくはない。

そして、国の南端、ガードナー辺境伯領において、次期辺境伯が、金髪で若草色の瞳の娘を囲っているとの情報がある。

（なるほど。次期辺境伯が彼女を手に入れるために、あの地を治める人材が必要というわけだ。子爵では不足だろうな……とすると伯爵、あるいは侯爵）

間違いない。

これはチャンスだ。

そう考えて応じた会談の場で、カーティスは迷いなく「侯爵」と口にした。

ならばこの話、受けない選択肢はダグラスにはない。

統治のための条件については、後からもぎ取ればいい。そして、例え望んだほどの支援がなくとも、ダグラスには、今まで培ってきた自分の人脈と知恵、侯爵として国から与えられる初期資産により、あの子爵領を治めきる自信がある。

望む条件を整えるよりも、保留にしている間に、次の候補者に打診が行くことの方が、ダグラスとしては耐え難いのだ。

だから、ダグラスは全力で、カーティス＝ガードナー辺境伯に対し、自らの力をアピールした。

あとは、彼の判断を待つのみである。

じりじりと手に汗を握るダグラスの目の前で、ふと、カーティスが頷いた。

「うん。人選に間違いはなかったようだ」

「……！　では」

「君に、あの地の統治を頼みたい。ここからは、そのための擦り合わせをするとしよう」

「ありがとう存じます、閣下！」

こうして、ダグラスは、カーティス＝ガードナー辺境伯の描く、サルヴェニア子爵領の昇格までの道筋を知った。

そして、その協力者として、侯爵の地位をもぎ取ったのである。

第二章　侯爵領の始まり

統治部長レイフ＝レドモンドは、サルヴェニア子爵領の出身だ。

彼は人生において、何度もこの仕事を辞めようと考えたが、領民達のことを思い、途中からは養うべき家族のことも思い、その考えを翻してきた。そして、三十年以上、このサルヴェニア子爵領で官僚として働き、現在は、統治部の部長として采配を振るっている。

レイフは、銀行勤めの父の三男として生まれ育った。

レイフは昔から、みんなが笑っているところを見るのが好きだった。サービス精神が旺盛で、一人でも多くの人のためになることをしたいと思いながら、すくすくと成長した。

成人となり、父の勧めで、行員見習いとして働き始める。

そして、先輩達の融資を斡旋したり、借金を返せない人達のところに取り立てに行く姿を見ながら、思ったのだ。

（私は……多分、銀行という職場に向いてない）

レイフは、行員としての仕事と、自分の本質との相性の悪さに気が付いた。

そうして悩んでいるときに、街の掲示板にある募集に目を留めた。

『サルヴェニア子爵領、事務官募集中！　統治、財務、経済、福祉、税、どの部署でも新たな人材を求めています！』

領地が広がるわけでもないのに官僚をこれだけ大量募集するということは、相当な人数が離職しているということなのだが、若いレイフはそのことに気が付かない。

(領民みんなのために仕事をする……)

それを天職のように感じたレイフは、すぐにその募集応募し、見事に合格を果たした。

そうして、サルヴェニア子爵領の施政の実態を知った。

けれども、このときは辞めようとまでは思わなかった。

彼がこの場に就職した当時、彼の一番上の上司は、初代サルヴェニア子爵であるザックス＝サルヴェニアであった。その嫡男スティーブ＝サルヴェニアの協力もあり、その統治は安定とは言い難かったけれども、まだしもましな段階で踏みとどまっていたのである。

彼ら領主親子は、抜本的な解決はできないまでも、その場その場で機転を利かせ、関係者達を言いくるめ、官僚達に負担が行かないよう、必要最低限をこなす形でこの地の統治を行っていた。多くの困難があったけれども、彼ら領主親子がいればまだ大丈夫であるという、安心と信頼がそこにはあった。

それに、レイフはこの領主親子のことを尊敬していた。

子爵領の官僚として勤め始めたレイフ達は、おそらく、王都で官僚として働いていた領主親子の目から見ると、視野が狭かったり、要領が悪いところが散見されたであろう。しかし、彼らは、レイフ達を信頼のおける大切な仲間として扱い、成果を認めてくれた。

理不尽なクレーム対応や、締め切りの近い事業に耐えてこられたのは、一重に領主親子のおかげだった。

残業代についても、地方官僚は定額制が多く、どれだけ働いても金額が変わらないことが多いのだが、馬車馬のように働くレイフ達を見た領主親子は、王都と同じように、勤務時間に応じた支給制度を採用してくれた。

「私は、理不尽なことの多いこの地に勤め続け、領民のために尽くしている君達を心から尊敬している。その真面目で優秀な君達が、勤務時間外に残ってまでやらねばならないことがあるというのだ。それ相応の報酬を払うのは当然のことだろう？」

何の疑いもなくそう告げる領主親子に、レイフ達がどれほど救われたことか。

そして、どれほどやる気を奮い立たされたことだろう。

実際、サルヴェニア子爵領は激務のため、嘘の勤務時間を申告するような輩は、長く勤め続けることができない。残業代が勤務時間応分制になった後も、不正受給などの事件が起こることはなかった。

雲行きが変わってきたのは、初代子爵ザックスとその妻がそれぞれ脳溢血で亡くなった辺りからだ。

その頃から、サルヴェニア子爵領の施政が危機的な状況を迎えることが多くなった。

このサルヴェニアの地には、領主一家に対して直接対応を求めるやっかいな領民が多い。

二代目子爵スティーブとその妻の二人がその対応に尽力していたことは、誰よりもレイフ達が理解していた。そして、対応する領主一族の人数が不足していることは明らかだった。

本来であれば、領主一族が不足する中、二代目子爵スティーブには多くの子を設けてほしいところではあったが、その妻も過酷な労働環境にあったためであろう、サーシャ＝サルヴェニアを生んだ後、子宝に恵まれることはなかった。

しかし、まだ大丈夫。まだ、子爵スティーブがいれば、その娘サーシャ＝サルヴェニアが成人するまで、なんとか頑張れる。

そう思っていた矢先に、スティーブ＝サルヴェニア子爵夫婦が事故で亡くなった。

領主官邸は、大騒ぎだった。

今後、スティーブ子爵が居ない中で、一体どうしたらいいのか。

混乱の中、職を辞する者が多く出たことにより、レイフは昇格し、なんと統治部の部長に就任してしまった。

正直、レイフも辞職するべきかどうか悩んだ。このサルヴェニアの地の、よりによって統治部長である。その大任を成し遂げる自信は、全くといっていいほどなかった。

しかし、他に人材が居ないことも、レイフは理解していた。

ここでレイフまで逃げてしまえば、このサルヴェニア子爵領の領民達はどうなるのだろう。

レイフは胃を痛めながら、統治部長を務める決意を固めた。引き継ぎもそこそこに逃げた前任の統治部長の残した資料を読み込み、レイフは何とかこの惨状を乗り切るべく尽力する。

しかし、人手が足りない。

そして何より、子爵代理として就任したサイラス＝サルヴェニアの指示が、相当にまずい。残しておくべき資料を捨てろと指示し、必要最低限の配慮を不要と切り捨て、その後始末を末端の官僚に任せる始末。

サイラス子爵代理の裁決を可能な限り通す必要がないよう、事務を調整しながら仕事を行う日々は、さながら地獄のようであった。

そうこうしているうちに、この子爵領において、国における宰相のような位置付けである『家令』のグレッグ＝グスタールが、当時九歳のサーシャ＝サルヴェニアを統治の現場に連れてきた。

九歳の少女である子爵を大人の職場に連れてきたことに、レイフ達は目を剥いた。

しかし、家令グレッグ＝グスタールはしれっと言ってのけたのだ。

「彼女であれば、子爵印にも子爵代理印にも触ることができます」

レイフ達は青ざめた。

子爵印や子爵代理印には、一定の権限がある者以外は押印できないよう、魔法がかけられている。そして、魔法が有効な状態で押印しない限り、押印文書として効力を発揮しない仕組みとなっているのだ。

サーシャ＝サルヴェニアは、九歳の少女ではあるけれども、間違いなく子爵であり、子爵印と子爵代理印を有効に使うことを許された者である。

要するにこの家令は、彼女を利用すれば、あのサイラス＝サルヴェニア子爵代理の裁決を通すことなく、領主官邸としての判断を押し通すことができると、そう言っているのだ。

レイフ達は悩んだ。

サイラスを関与させると、必要な事務の半分も進まない。このままでは、この子爵領が立ち行かなくなってしまう。

莫大な税収だけがこの子爵領の強みだというのに、それを取り立てに行く官僚達や護衛達の給料の支払いができない。即時に補修をしなければ、次の雨で落ちるかもしれない要所の橋の工事の最終認可を、あのサイラスは行わない。

喉から手が出るくらい欲しい、最終決定権を持つ、サイラスよりマシな人材。

けれども、相手は未成年、よりによってまだ十にも満たない少女である。

最終決定権を行使するということは、彼女に責任を負わせるということだ。

傀儡にするにしても、あまりにも、大人として無責任ではないか。

しかし、そんな迷うレイフ達の背中を押したのは、他でもないサーシャ本人だった。

「私は子爵令嬢——いえ、もう子爵です。父と母を助けたくて、これまでも手を抜くことなく統治の勉強をしてきました。この子爵領が今回の混乱から持ち直すまでの間、私も力になります。それほどの事態だと、認識しています」

覚悟を決めたその言葉に、レイフ達は、全てに目を塞ぐことにした。

九歳の少女の、子どもならではの真面目さに、叩き込まれてきたのであろう貴族としての誇りに、甘えた。

みるみるうちに実力を備え、子爵として、いや、伯爵以上の能力を発揮する彼女の才覚に、すがってしまったのだ。

レイフは何度か、サーシャ＝サルヴェニア子爵が、叔父のサイラスに食って掛かるところを見たことがある。

「叔父さんはどうして、全てを私に押し付けるの」

「本当にすまない、サーシャ。叔父さんはやろうと思ったけれど、できないんだ」

「そんなの嘘よ！」

「では、なんだい？　サーシャは私が、わざとできないふりをして、子爵領の仕事を混ぜ返しているというのかね。それができるとして、なぜ？」

「……」

「ウィリアム君との婚約を整えただろう？　彼は伯爵家の三男だ。貴族学園の成績も優秀みたいだよ。彼が来れば、現状もマシになるさ。ほら、私もサーシャのために、できるかぎりのことはしているだろう？」

「……もういいわ。出ていって」

領主官邸の子爵執務室でのその会話を聞いたのは、稟議書を持参したレイフと、その部下だけであった。


レイフは悩んだ。

サーシャ＝サルヴェニアに頼るのは、事態が落ち着くまでのはずであった。

けれども、現実はどうだ。

あれから何年も経ったというのに、彼女は大人である自分達と比肩するほど、馬車馬のように働かされている。

しかし、彼女以外にこの子爵領を回していける人材が居ないのだ。

そして、平役人からのたたき上げで部長まで辿り着いたレイフにとって、王宮に対してアクションをとり、子爵の交代を要請をするという行為は、遠い世界の話であった。こういうとき、貴族学園出身者の官僚がいれば、情報が集まりやすく、助言をもらうことができるのだが、子爵領に過ぎないこのサルヴェニアの地に、そういった官僚は居ない。

しかし、子爵サーシャも限界なのだ。

何とかしなければならない。

けれども、それを調べ手段を講じる時間が、レイフにもない。

そうこうしているうちに、サーシャ＝サルヴェニアは成人し、そして、失踪した。

レイフは、思った。

（サーシャ様、お幸せに）

それは、レイフの、心からの思いだった。

この泥船に、あのような才ある少女を縛り付けるべきではない。

ようやく、彼女は彼女のために、生きることができる……。

レイフは、退職し逃げていく官僚達を見ながら、統治部長を続けた。

全力で、ただ仕事のことだけを思い、まい進した。

ほとんどの時間を職場で過ごし、週に一度だけ家に帰り、妻の手作りの食事を食べると、いつも涙が止まらなくなる。

そんなレイフを見て、妻のリリアナは泣きながらレイフにすがった。

「もう辞めて」

「……リリアナ」

「もう十分よ。あなたは頑張ったわ。あなたが逃げて、誰かがあなたを責めたとしても、私が絶対に許さない。私があなたを守ってみせる」

「リリアナ、いいんだ」

「よくないわ！　全然よくない。どうしてなのよ！　どうして、あなただけが、こんな」

「違うんだ。私だけじゃない。むしろ、私があの方に、押し付けていたんだ。だから、私がここで逃げるわけにはいかない」

「それでも、もう十分よ。このままじゃ、あなたが死んでしまう」

レイフは、己にしがみついて泣いている妻を抱きしめながら、止まらない涙をそのまま流し続けた。

この先、一体どうしたらいいのだろう。

隣地の伯爵家から、ウィリアム＝ウェルニクスが応援に来たけれども、九歳のときのサーシャ子爵にも及ばない男であった。むしろ一からの新人教育が必要となり、負担が増えたという可能性すらある。

伯爵家の官僚達も数名、応援に来たけれども、正直期待外れであった。

どうやら、我が子爵領の官僚達は、その業務の過酷さ故に、能力水準がかなり向上していたらしい。もはや嬉しくもなんともない事実である。なぜなら、それはすなわち、生半可な人員増員では、現場の改善が望めないことを意味しているのだから。

そうして、レイフがなんとか気力を振り絞り、命を賭して子爵領を支えていた中、ここ数年間で一番の吉報が舞い込んできた。

それは、サルヴェニア子爵領が、ダナフォール侯爵領に昇格するという知らせだったのである。

◇◆◇◆◇

——サルヴェニア子爵領が、ダナフォール侯爵領に昇格する。

その知らせに、レイフ達は沸いた。

ほとんどの官僚がその場で泣き崩れ、来客達が仰天していたことは、今となっては笑い話である。

侯爵を担う人材が来るのであれば、きっとこの領地は救われる。

レイフ達だけでは現状に手をこまねいていることしかできなかったけれども、侯爵であればきっと、三代のサルヴェニア子爵達が何とか守ってきたこの場所をよくしてくれる。

✽　✽　✽

そして、その吉報のしばらく後に、元子爵であるサーシャ＝ガードナー次期辺境伯夫人が、新領主への引き継ぎのためにこの地に舞い戻った。

サーシャは、何よりも先に、レイフ達に対して頭を下げた。

子爵領を見捨てて逃げて申し訳なかったと、深く深く、頭を下げてくれたのだ。

けれども、謝るべきは彼女ではない。

「謝るのはこちらの方です。本当に申し訳ございませんでした」

レイフはすぐさま、サーシャに謝罪した。

慌てるサーシャに構わず、泣きながら、深く深く、頭を下げた。

レイフだけでない。

他の部長達も、涙をこぼしながら、サーシャに頭を下げていた。

彼らもレイフと同じように、ずっと後悔していたらしい。

「誰が、サーシャ様を責められましょうか」

「レイフ部長……」

「子どもだったあなたにすがることしかできなかった我々に、あなたが謝る必要はないのです。私達にこそ、謝らせてください。本当に、申し訳ありませんでした」

泣き続けるレイフ達に、サーシャもボロボロ涙をこぼしていた。

散々みんなで泣きはらした後、レイフは久しぶりに会ったサーシャをようやく正面から見て、笑みをこぼした。

彼女は前よりも少し日に焼けていて、ガリガリの細身だった体も、ふっくらと健康的になっていた。疲労でこわばりがちだった表情も明るく、ガードナー辺境伯領で大事にされていることがうかがわれる。

レイフ達から解放されたサーシャは、自らの力で幸せをつかんでいる。

そのことが本当に嬉しく、贖罪の気持ちを忘れるわけではないが、救われたような気持ちだった。

「お帰りなさいませ、サーシャ様」

つい昔のようにそう伝えたレイフに、サーシャは花がほころぶような笑みを返してくれた。

✽　✽　✽

その後、ダグラス＝ダナフォール侯爵が、この地に舞い降りた。

細身で怜悧な瞳の男だった。

顔には柔和な笑みを浮かべているものの、そのダークブルーの瞳は、したたかな強さを伝えてくる。

華のある男だと、レイフは思った。

外交官であったというのも頷ける。彼は、見た目で人を圧倒する術を知っている。

レイフ達はサーシャと共に、ダグラスの連れて来た高官達や彼の長男ダニエルに対し、後援に立つガードナー辺境伯と次期辺境伯が同席の元、引き継ぎを行う。

まずは概要、その後に詳細をということで、初日は全体像について、レイフ達各部の部長と筆頭課の課長達から説明を行った。

ダグラスは、レイフ達が驚くほどに有能な男であった。

レイフ達が何度か読み込まねば理解できないであろう事業内容の説明書を、さらりと一読するだけで理解してくる。その上で、内容に踏み込んだ質問を繰り広げ、時間がかかりそうになると、「ふむ。興味深いが今日は時間がない。明日以降の詳細説明の際に聞くので準備しておくように」と、時間管理にも敏い。

そしてそれはダグラスだけでなく、彼を囲む高官達にも言えることであった。

レイフは、初代子爵ザックスが大量に目の前に居るような錯覚を覚えた。

「このジャムカという果物の密輸の摘発が問題となっていまして、お手元の資料のように対応しています」

「ふむ、王都の女性達に大流行した美容油の元だな」

「はい。土地の栄養分を吸い上げすぎるので、全面的にその育成は禁止されており、その輸入自体も禁じられているのですが、関所で相当もめるため、この領内においては全てを摘発しきれておらず……」

「対処療法だけでは追い付かないということか。ところでこのジャムカという果物、遠方のフィリカ王国ではもう流行っていないはずだな」

「え？」

「そうですね、ダグラス様。代わりにオリーブという、より香りがよく、乾燥地に強い果実を流行らせたようです」

「王都ではその情報を元にオリーブを流行らせるよう内々に手配しているため、ジャムカは少しずつ需要が減っていきます」

「この地にはまだオリーブの情報が足りないのだろう。人を使って噂をまけ。実際に、王都の商人にオリーブを融通させるように。あとは、辺境伯閣下にもお力添えいただけますか。南方の方がオリーブの収穫量は多いはずだ」

「いいだろう、手配しておく」

「ありがとう存じます。――オリーブが流行り、ジャムカが廃れるまでの対応は、今までどおりでよい。ジャムカを廃らせたことに関する苦情対応は、ヨルドを主、フィンセルを副として一任するので、今週中に案を上げるように」

「かしこまりました」

「では、次」

あっという間に懸案事項が解決してしまったことに、レイフ達は唖然とする。

今日は引き継ぎ初日で、レイフ達はまだ概要の話しかしていないというのに、このような流れで、あっという間に話がまとまっていくのだ。まとまらずとも、「こういうのはナサニエルが得意だな。詳細引き継ぎの日までに、ある程度理解を深めておけ」といった指示があるなど、ダグラスの頭の中に問題の着地点や対応案が既に存在しているであろうことがにじみ出ている。

(国の高官は優秀だとわかっていたはずだが……、ここまで我々との差があるとは)

全体説明を終えたレイフ達は、この土地が救われる実感を持つと同時に、身の置き場がないような気持ちで一杯であった。

ダグラスは、彼の連れて来た高官達は、レイフ達の説明を聞いてどう思ったであろうか。

概要ではあるが、この領内の惨状を知り、内心憤っているのではないだろうか。レイフ達が手をこまねいていたからここまで悪くなったのだと、手のつけようがないと、見放しはしないだろうか。

レイフ達は今まで全力で尽力してきたけれども、過酷な労働環境の中、全ての事務に対して最大の力を発揮できたとは言い難い。優先すべき案件が重なれば、どれかはおろそかになるし、手を緩めるとその案件の関係者が憤り、問題案件にまで発展してしまう。そういった、『時間と余裕さえあれば実現できた最善の手段』が、レイフ達を常に後悔に走らせる。

そして、一番の問題は、事態改善に伴う苦情対応。

たとえ事態の解決案を見出したとしても、その実現に伴う苦情対応で、大きく気力をそがれることとなるのだ。

今までこの地に配属された子爵達は優秀な者が多かったけれども、この苦情対応で心が折れ、爵位の返上が相次いだと伝え聞いている。

この目の前の新侯爵は果たして、折れずにいられるだろうか。

新しい領主の顔色をうかがう、旧子爵領の面々達。

しかし、ダグラスは笑った。

沈み込んだ顔をしているレイフ達、そしてサーシャを見て、声を上げて朗らかに笑ったのだ。

「どうした。皆、葬式のような顔をしているではないか」

「……それは、その。領内の現状の概要を説明しましたが、あまりにも問題が多く……申し訳ない気持ちで一杯なのです」

「確かに、昨今なかなかない荒れ具合であるな」

レイフ達は、その言葉に身をすくませる。暗い顔をしたサーシャに、ガードナー次期辺境伯は物言いたげな顔をしている。

しかし、ダグラスの連れて来た高官達やガードナー辺境伯は、信頼に満ちた目で、新侯爵を見ていた。

　ダグラスは顎に手を当て、破顔した。

「うむ、悪くない。心躍るではないか！」

　レイフは思わずぽかんとした。

　レイフだけでなく、旧サルヴェニア子爵領に居た者達は皆、唖然としている。

　上手く反応できないレイフ達に、ダグラスは続けた。

「課題は多い。やるべきこと、対応に必要な労力も多い。領民のための施策であるにもかかわらず、協力しない領民が多いこと。定住する者は少なく、集まる者の気性は荒く――確かにこれは、統治の難所である」

「……さようでございますか」

「だからこそいいのだ」

　誰もが、ダグラスの話に耳を傾けている。不敵な笑みを浮かべる彼に、魅了されている。

「私はね、昔からそうなのだよ。簡単な仕事はしたくない。難易度の低い仕事は、できて当然の仕事であり、失敗すると信用を損なう。あっという間に終わるので、仕事に左右されない平穏な私生活は手に入るが、私にとっては得るものが少ないので、人に譲るようにしている。――お前達が、『早く家に帰れる！』と喜んで引き受けてくれるあれだ」

ダグラスの言葉に、彼が引き連れて来た高官達は、ドッと笑い声を上げた。

「だが、困難な仕事はどうだろうか。誰もが成し遂げると期待していない、達成率の低い仕事。それが、今、私の目の前にある。そしてそれは、私が今までの人生で培ってきた能力、人脈、資産、ありとあらゆるものを利用しさえすれば解決できると確信できる内容のものだ。成し遂げることで手に入る名誉も申し分なく、私はこの機会を逃すつもりはない」

そうして、ダグラスは、その場に居る者全員の顔を見た後、ニヤリと笑った。

「ただ一つ、不満があるとすれば、そうだな。調べた結果、想定よりも難易度が低く、少し物足りないということぐらいだろうか」

もはや開いた口がふさがらないレイフ達に、ダグラスは心から楽しそうにしている。

「今日の引き継ぎだけではない。事前の資料を読み、独自の調査を行い、ここに来てからも領民達の様子を見て来た。正直、感服した。よくぞここまで、耐え忍んできた」

「こ、侯爵閣下……」

「もちろん、それぞれの問題に関し、抜本的な解決をみることはできていない。しかし、放置していたわけではない」

子爵領の強みである税収を保つため、税徴収のための兵力に注ぐ費用を削らず維持している。経済振興はおろそかになりつつあるが、最低限の困窮対策は維持してある。医療機関を維持するための施策を優先して行い、警備隊の人材確保や訓練を怠らず、人命を優先することができている。

ダグラスは、そう言うと、満足そうに微笑んだ。

「子爵領としてあるべき以上の力を発揮し、伯爵家のように人脈や名誉のない中、限られた手段の中から、よくぞここまでの体制を維持し、耐え忍んできた。この子爵領を支えてきたのは、間違いなくお前達だ。これからこの地を治める者として、私はお前達のことを誇らしく思う」

レイフは、ほろり、と熱いものが頰を伝って、自分が泣いていることに気が付いた。

もっといい、最善の手段があったはずなのだ。レイフ達でなければ、きっともっと、効率よく、この地を救うことができた。幼かったサーシャに、無理をさせることもなかった。至らない自分が悔しくて許せなくて、けれども、そんなレイフ達が足掻きながら成してきたことを、この侯爵は認めてくれている。

「これから私は、この地に関して、全面的に改革を行っていく。お前達の今までのやり方を、大きく変えていくことになるだろう。しかしそれは決して、お前達のしてきたことを否定するものではない。お前達の培ってきた土台があるからこそ、ここで大きく動き出すことができるのだ。そのことを、しかと理解するように」

嗚咽で言葉を出せないレイフ達に、ダグラスはただ微笑んでいた。

サーシャも、夫の次期辺境伯に支えられながら、泣き崩れている。

その後、ダグラスは、元子爵領時代から居る官僚達に対し、半年間にわたる特別手当の支給と、二年分の昇給を認めた。

今までこの地を支えてきた官僚達に対する、侯爵の感謝を示すためのものということだ。

引き継ぎの初日、会議を解散し、事務室に戻ったレイフが今日の侯爵からの話を部下達に伝えたところ、部下達の多くは涙し、泣き崩れていた。みんな限界まで身をすり減らしながら、なんとかこの場に踏みとどまっていたのだ。そこに、こんなふうに希望と安心を与えられたら、緊張の糸が切れてしまうのも無理もないことだと思う。

そしてレイフは、自席に戻り、今日の資料をまとめ、一日席を空けている間にたまった稟議書に乾いた笑みを浮かべながら、ふと、引き継ぎ会議の最後にダグラスが呟いたことについて考えを巡らせた。

「とにかく、苦情対策が鍵だな。最も見せしめにふさわしいのは、鉱山周りか」

(あの鉱山周りに、着手するというのか……)

何をしても怒鳴り込んでくる、歴代子爵を最も悩ませた、この地の鉱員達。

そこにこちらから触れるなど、火薬庫で踊るようなもので、レイフには考えられないことだった。

（でも、あの侯爵閣下ならば、きっと）

統治部長レイフはその日、本当に久しぶりに、心から安心した笑みを浮かべたのである。

第三章　鉱員ノーマンと悪魔

「領主が代わっただと？」

ノーマンが最初にそれを聞いたのは、鉱員達の噂話だった。

ノーマンは生まれたときから、このサルヴェニアの地で生きてきた。

暴力を振るう父と、ヒステリックな母の下に生まれ、育児放棄気味な二人に構わず、残飯を漁っていた。母は父に暴力を振るわれた際に打ち所が悪く亡くなったし、父は常に酔っぱらっていて、ある日の朝とうとう起きてこなかった。そんな散々な出だしだったけれども、それでもノーマンは何とか生き延びてきた。ついでに、周りの子ども達もノーマンとさして状況は変わらなかった。

そのうちに、同じように残飯漁りをしていた子ども達を数人、見かけなくなる。年長者組で、なんだかんだ優しかった彼らが居なくなり、なんだか心に穴が開いたような気持ちになっていたところで、久しぶりに会った彼らが声をかけてきた。彼らは鉱山周りで、小遣い稼ぎをするようになったというのだ。要するに、ノーマンもどうか、という勧誘である。

鉱山周りの荷物運びは、いつだって人手不足だ。どうやら、このサルヴェニアの地では、残飯漁りをするような子ども達は、そこそこに体が成長した段階で、荷運びの手伝いをするようになるらしい。働いている子ども達は、一緒に働けそうな子ども達に声をかける。そうやって、ノーマンにも声がかかったのだ。

初めての『仕事』は、本当に大変だった。栄養が足りていないノーマンの体はガリガリの細身で、思うように荷を運ぶことができない。全力で頑張っても、誘いをかけてくれた年かさの子ども達のように上手く結果を出すことができない。

そうして日暮れ前、くたくたに疲れたところで、銅貨を数枚渡された。

それは、ノーマンが初めて手にした『給料』だった。

手に載ったわずかなお金を見て、よくわからないけれども、涙が出た。

（これが、仕事……）

ノーマンは、ここで働き続けることを決めた。

そうして、小遣い稼ぎをし、下働きを続けながら、体の成長が止まった頃、ノーマンは鉱員見習いとなることができた。

ノーマンと数名、鉱員見習いとして認められた若者達は、大声を上げて喜んだ。

そんなノーマン達を見て、普段仏頂面で気性の荒い鉱員達は、穏やかに目を細めていた。

（ここを、守らないといけねぇ）

見習いを卒業し、正式な鉱員になった頃には、ノーマンはガタイのいい鉱員に成長を遂げていた。

肉体仕事を続けてきた体は筋肉で覆われ、ルビー鉱山というこの地の主軸を担う誇りが、彼を強くした。

「領主ども、あいつらはいつだって調子に乗ってる」

「そうだそうだ。何が貴族学園だ。お偉い様にルビーが掘れるっていうのか！」

「あんなヒョロヒョロどもに、ナメられるわけにはいかねぇ」

「俺達の力を認めさせ続ける。それが、先輩達からここを引き継いだ、俺らの務めよ」

仲間達と飲む酒は、美味しかった。

そして、鉱員達の言うことは、納得がいくことばかりだった。

鉱員達には学がない。

税を多く課され、搾取されがちな存在である。

だから、鉱山長ドミニクを筆頭に、ナメられることのないよう、いつだって強く対応してきた。

キューフ金だのシンセー主義だの、あいつらはいつだって訳のわからないことを押し付けてくる。だから、「訳のわからないことをするな！」と怒鳴りつけるのは、当然のことだ。

一度、領主達が、訳のわからないホジョキンとやらを作ったとき、事前説明に来なかったことがある。そのときは、鉱山長ドミニクと共に、気性の荒い面子で怒鳴り込みにいったものだ。そのときは鉱山長ごと逮捕されたが、ルビー鉱山に残っていた鉱員達が大騒ぎした。それだけではなく、鉱山からルビーの支給が滞り生計が成り立たなくなった加工職人、商人達、みんなこぞって領主官邸に乗り込んだので、街を巻き込んでの大騒ぎになったのだ。

鉱山長ドミニク。

彼は、この荒くれ者ばかりの鉱山周りを取り仕切る長である。

彼は、「俺ぁ学がねぇ。お前達より、ほんの少し頭は回るかもしれねぇが、たったそれだけだ」と言いながら、この鉱山からの恵みをみんなが納得いく形で分配し、街にルビーを流通させるための要となっている。

彼がいなければ、街にルビーは卸されないのだ。

誰もが彼を恐れ、そして、尊敬している。

もちろん、他の鉱員のようにかんしゃくを起こすことも多いが、彼がみんなを取りなすから、この鉱山周りの結束が続いているのだ。

そうしてノーマンが平和に過ごしていたある日、領主が代わったという噂が流れて来たのだ。

「サーシャはどうしたんだ？　あのチビは」

「いつもちょろちょろここに挨拶に来ていたくせに、ここ半年見かけねぇとは思っていたが」

「ドミニク鉱山長は、サーシャが病気か何かで居なくなったんじゃないかって言ってたけど、当たってたんじゃねえか？」

「次の領主ねぇ」

「引退した奴らが残飯漁りやってるから、領主が代わったときのことでも聞いてくるか」

「あいつらまだ生きてんのか？」

「死んでたらそのときさ」

ガハハハ、と笑う彼らの声を聞きながら、ノーマンはドミニク鉱山長の下へと足を運ぶ。

すると、ちょうど鉱山周りの拠点に、貴族用の馬車が複数控え、大量の護衛が道を作っていた。

どうやらお貴族様が、鉱山長のところへやってきているらしい。

ノーマンが遠目にそれを見ていたところ、護衛達が作った道の中心で、一人の男が歩みを進めている。

ひょろひょろの細身、仕立てのいい服を着た、ダークブロンドの髪の男だった。

（もしかして、新領主は、あれか？）

おそらく、鉱山長のところに挨拶に来たに違いない。新領主も、ドミニク鉱山長に一目置いているのだ。

ノーマンは、その誇らしさから、ニヤリと頬を緩めた。

後でドミニク鉱山長に確認したところ、やはりあのとき見た男が新領主だった。

「あの新領主は、ダグラス＝ダナフォール侯爵と名乗った」

「侯爵ぅ？　なんだそれ」

「子爵の方が偉いんじゃねえか？」

「なんだっていいだろ」

「いや、みんな聞いてくれ」

硬い表情をするドミニク鉱山長に、男達は目を丸くする。

今までドミニク鉱山長がこんなに真剣な顔をするのは、採掘に関することだけだった。どこを採掘し、どのように掘り進め、誰を配置するか。それは鉱員の命を預かる重要な仕事で、いつだってドミニク鉱山長は手に汗を握り、みんなの意見を聞きながら、その主導をしてきた。

そのときと、同じような表情をしている。

「侯爵っていうのは、こういう位置付けだ」

ドミニク鉱山長が、採掘の内容を記す黒板の端に、こう書いた。

『だんしゃく　＜　ししゃく　＜　はくしゃく　＜　こうしゃく　＜　こうしゃく　＜　おう

ぞく』

「おい、ドミニク！　こうしゃくが二つあるぞ！」

「さっそく間違えてんじゃねえか」

「いいんだよ、これで。こうしゃくは二つあるんだ」

「はぁ？　お偉いさん達はそんな訳のわかんねぇことしてんのか？」

「わかりにくいって、俺達でもわかるぜ！」

「頭がいいのを鼻にかけたような格好をして、やることはこれかよ！」

ドッと笑いが起こる中、ドミニク鉱山長は、右から三番目にある『こうしゃく』に丸をつけた。

「今回の新領主は、これだ」

笑いが収まり、その丸のついた『こうしゃく』をみんなが見つめる。

「つまり？」

「国で、三番目に偉いってことだ」

「サーシャはどこだよ」

「左から二つ目。下から二番目ってことだな」

「んん？　下から二番目のサーシャの代わりに、上から三番目が来たってことか？」

「そうだ。……今回は、しばらく静かにしていた方がいい。心しておいてくれ」

深刻な顔をしているドミニク鉱山長に、ノーマン達は首をかしげながら、その場を解散した。

「ドミニクの野郎、逃げ腰だったな」

「びびっちまってんのか？　心配することぁねえのにな。何せ俺達は、この街を支えるルビーを押さえてんだ」

「そうだそうだ！　俺達をむげに扱うような奴らは、領主じゃいられねぇ。もし、そんなことをするなら、わからせてやらなきゃならねぇ」

ノーマンも、そのとおりだと思った。

鉱員としての誇りを傷つけ、この鉱山周りを害するなら、領主であっても容赦するつもりはない。

そんな風に考えていた矢先に、事件が起こった。

「事前説明に来なかっただと⁉」

新領主は、テイショトクシャ向けの新しいキューフキンを作ったらしい。それが、街の掲示板に張り出されていた。ノーマンには、その掲示板の文字は読めなかったが、掲示板の近くで官僚が読み上げているので、それを聞いたところ、どうやら最近作った制度で、シンセイした者にだけ金を与えるらしい。

そして、その新しい制度を、ドミニク鉱山長が知らない。鉱員達も、説明を受けていない。

これは、どういうことなのか。

「あの新領主、ナメやがって」

「最初が肝心だ、殴り込みに行くぞ！」

「俺達を雑に扱うとどうなるか、思い知らせてやる！」

「――待ってくれ」

大声で制止したのは、他ならぬドミニク鉱山長だった。

青い顔をして、みんなの顔を見ている。

「前にも言ったはずだ。相手は侯爵だ。きっと今までのようにはいかない」

ノーマンは、カッとなった。

なぜ、ここで止めるのだ。

今まで、ドミニク鉱山長は、こういうときこそ主導してくれていた。ノーマン達を導いてくれていた。

だというのに、なぜ！

「ドミニク、寝返る気か！」

「そうじゃない」

「俺達の誇りにかけて、攻め入るときだ。ここで黙っているようじゃ、ナメられる一方だぞ！」

「機を逃すとは、それでも鉱山長か！」

怒号が鳴り響く集まりの場で、ドミニク鉱山長は悲しそうな顔をした後、「わかった」と頷いた。

「わかった。俺が主導する」

「鉱山長」

「来たい者は、俺についてこい。補佐のレテロは、この場に残れ。鉱山の採掘を完全に止めるわけにはいかねぇ。残ったやつらは、責任をもって仕事を遂げろ」

歓声が上がり、男達は手に武器となりそうな採掘道具を持ち、ドミニク鉱山長の下に集まる。

ノーマンはもちろん、怒鳴り込みに参加することにした。

残ったのは、ちょうど鉱員の半数程度であろうか。

ドミニク鉱山長につき従い、街に降り、領主官邸へと辿り着く。

そうして、ダグラス＝ダナフォールを出せと叫び散らし、全員が、広い会議場へと案内された。

議場に現れたのは、あのとき見た、細身の男だった。

高級そうなキラキラした服に身を包み、偉そうな笑みを浮かべて、こちらを見ている。

護衛に囲まれているとはいえ、ノーマン達に怯む様子が一切ない。

「ようこそ、ドミニク鉱山長。そして鉱員達。アポイントメントがなかったので驚いたよ」

余裕に満ちたその表情が、無性に癇に障る。

「ナメてんのか！」「謝れ、このクソ野郎！」という怒号が鳴り響く中、しかし、目の前の領主は笑顔を絶やさない。

「要は、給付金の事前説明に行かなかったことを怒っていると？」

「そうだ！　ナメやがって！」

「この給付金は、申請主義のものだ。掲示板で告知し、どの領民に対しても、こちらから出向いての事前説明は行っていない。わからないことがあれば、窓口に問い合わせるよう案内している。掲示板は元々、定時に読み上げを行っているから、文字が読めずとも問題あるまい」

「今までやっていただろうが！」

「俺達を馬鹿にしてんのか!!」

「ふむ。要は、君達だけを特別扱いしろと？」

怒号がさらにひどくなる中、領主の目がギラリと光る。

「特別扱いを求めるために、こうして叫び、威圧する。これは暴力だよ。わかっていてやっているのだろうね？」

ノーマンは、怯んだ。

目の前の領主の、こんなヒョロガリの威圧感に、一瞬思考を止めた。

それはノーマンだけではなかったようで、シン、とその場が一時、静まり返った。

しかし、それは一瞬のことで、再度怒号が会議場にあふれた。

ノーマンも、叫んだ。

こんな細身の、触れれば折れそうな男に怯んだなどという事実を、認めることはできなかった。それは、日々危険と隣り合わせで生き、強さを誇りとして生きてきたノーマンにとって、これ以上ない屈辱だったからだ。

そんなノーマン達を見て、領主は満面の笑みを浮かべた。

「ならば現行犯だ。全員逮捕しよう」

え、と思う間もなく、ノーマン達は取り囲まれた。

銃や、見たこともない魔法武器を持った護衛達が、ノーマン達を抑えつけ、次々に拘束していく。

「おい、こんなことをして、ただで済むと思ってるのか！」

「俺達が居なかったら、鉱山は……ルビーは!!」

「おや。後のことを気にする余裕があるのかね？　大丈夫、領地のことは領主である私に任せるといい」

それだけ言うと、新領主――いや、この悪魔は、ノーマン達に目もくれず、その場を去っていった。

こうして、ノーマンを含む怒鳴り込みに来た鉱員達は、全員、逮捕されたのである。

◇◆◇◆◇

逮捕されたノーマン達は、怒りに震えていた。

「あの領主！　絶対に許さねぇ！」

「俺達を投獄するなんて、いい覚悟じゃねぇか」

叫び散らす鉱員達に、先に収監されていた者達も驚きと怯えの目を向けている。

筋肉隆々の鉱員達が集団で悪態をついている様子は、さながら災害のようであった。

「俺達を逮捕したら、この街は終わりだぞ」

「ルビーが街を回してるっていうのにな」

「前に逮捕されたときのこと、聞いてないいんじゃないか、あの領主は」

「あー……なるほどな。あれはやっぱり、見た目だけだったんだ」

「見た目だけ？」

鉱員の一人の言葉に、ノーマンが首を傾げると、その若い鉱員が、照れ隠しのように頭をかきながら言った。

「俺ぁよ、一瞬、あの領主の見た目に呑まれちまった。すごいやつなんじゃないかってな。でも、結果はこれよ。わかってないだけの、ただの抜けてる奴だったたって落ちさ！」

ドッとその場に笑いが起こる。

ノーマンも笑った。

あの領主に呑まれていたのは、ノーマンも同じだったからだ。だというのに、実際のところは、理解が足りないだけのハリボテ野郎だったというのだから、本当に笑い話である。

しかし、その笑いに、一人だけ参加しない者が居る。

鉱山長のドミニクだ。

「どうした、ドミニク」

「……ノーマンか」

「気落ちしてるじゃねぇか。なんだ、こんなところに入ったって落ち込んでんのか？」

「……そうだな。みんなをこんなところに入れることになっちまった。俺が不甲斐ないからだ」

「何言ってんだ！　そんなわけねぇだろ！」

肩を落とすドミニク鉱山長に、ノーマンも周囲も驚く。

ノーマン達は、鉱員としての誇りを守るため、やるべきことをやったのだ。ドミニク鉱山長は、その先頭に立った。おかしいのは領主の方であって、ドミニク鉱山長が謝るようなことはないのだ。

なぜか沈んだ顔のままのドミニク鉱山長に、周りの鉱員達は励ましの言葉をかける。

そうして、その日は牢獄の中、鉱員達の笑い声が絶え間なく響いていた。

✽　✽　✽

しかし、四日も経つと、鉱員達は様子がおかしいことに気が付き始めた。

一向に、外が騒がしくならないのだ。

牢獄に居るのは、血気盛んで、鉱山の採掘を主導している働き盛りの鉱員達だ。彼らが居なければ、ルビーの採掘事業は半分以下しか稼働できない。

そして、このサルヴェニア領の――ダナフォール侯爵領の経済の主軸は、ルビーだ。ルビーの販売、加工ができなければ、生きていけない領民が沢山居る。

だから、残った鉱員達や、ルビーの供給が滞ったことによって割を食った領民達が、そろそろ領主邸やこの牢獄に殴り込みに来てもいい頃だ。

だというのに、この牢獄は静謐そのものだった。

初めは騒がしく話をしていた鉱員達も、次第に不安に駆られ、いらだち、喧嘩を始めるようになる。

それをドミニク鉱山長がなだめるけれども、気性の荒い鉱員達は止まらず、殴り合いの喧嘩に発展したこともあった。そうしたときは、当事者達は牢獄の部屋を一時的に個室に分けられた。

二週間後、牢獄に笑い声はなかった。

鉱員達は、意気消沈している。牢獄の少ない食事、体を動かす機会の少なさにより、力仕事で鍛えた筋肉はしぼんでいき、気持ちだけではなく体も小さくなっていく。

『今回は、しばらく静かにしていた方がいい。心しておいてくれ』

ドミニク鉱山長の言っていた言葉がみんなの頭をよぎったけれども、そのことを口にする者は居なかった。

それを言葉にしたら、何かが崩れるような気がしていたからだ。

そして、一カ月後。

ノーマン達は、最初に迎え入れられたあの会議室に連れてこられていた。

その上座には、一カ月前に会ったあの悪魔が居た。

相変わらず顔に笑顔を貼り付けており、ダークグレーの目の奥には、ギラギラとした野心の炎が燃えている。

「やあ、諸君。久しぶりだね。刑期を終えた気分はどうだ？」

その不敵な発言に、ノーマン達はカッとなり、怒号を発する。

とはいえそれも、一カ月前と比べると、かなり控えめなものである。この一カ月間の牢獄生活が、彼らの体力と気力を削いだからだ。

しかし、目の前の領主は、ノーマン達の様子を見て肩をすくめた。

「ふむ。一カ月牢にいて、まだそれだけの元気があるのかね。流石と言うべきだろうか」

呆れたような顔の領主に、ノーマンはいらだつ。

こいつは一体、何がしたいのだ。

「さて、結論から言おう。私は君達を特別扱いしない。それは、そうするべき合理的理由がないからだ」

「ゴーリテキ？　また訳のわからないことを言うな！」

「君達の気持ちを満たすためだけの特別扱いはしない、ということだよ」

「気持ちだぁ!?　ナメた口を利きやがって！」

「調子に乗るんじゃねえぞ！」

「領主じゃいられなくしてやろうか！」

「ふむ。それ以上続けるなら、また一カ月、牢屋行きだ。それでもいいのかね？」

鉱員達が怯んだ隙に、目の前の男は続ける。

「まあ、牢屋行きを覚悟の上で怒鳴り続けるというのも悪くはない。それも一つの選択ではあるからね。しかし、君達は誇り高い鉱員だ。このまま再度牢屋に直行するということは、鉱山周りの様子がわからないまま、ということを意味するが……それは鉱員として、問題ないのだろうかね？」

ハッとした顔をした鉱員達は、動揺して黙り込んだ。

しゃくではあるが、このダークブロンドのヒョロヒョロの言うことには一理ある。ここに居るのは、鉱員の主力だ。これ以上、鉱山を放置するのはよくない。

しかし、この領主に言いたいことは、まだ終わっていない。牢にぶち込まれた落とし前もつけていない。

この憤まんやるかたない気持ちを、どうしたらいいのか。

そう思って、鉱員達が見たのは、やはりドミニク鉱山長だった。彼ならばきっと、鉱員達を導いてくれるはず。

「領主ダグラス。いいか」

「ああ、いいとも。鉱山長ドミニク、発言するといい」

「俺達は、まだお前に言いたいことがある。落とし前はついてねぇ。けどな、俺達は鉱員だ。鉱山をこれ以上放置することはしねぇ。仕切り直しをする」

ドミニク鉱山長は、真っすぐに領主ダグラスを見据えながら、ドスの利いた声でそう告げた。その迫力に、壁際に居る官僚達や侍従達は手に汗を握ったし、護衛達も身構えたけれども、ダグラスは動じなかった。

顔にはやはり、いつもどおりの笑顔を貼り付けている。

「いいとも。それでは、二日後の昼の一時に、ここにまた集まるとしようか。来るかどうかは君達に任せよう」

「わかった」

「それでは諸君。また二日後に、ここで会おう」

そう言うと、領主ダグラスは去り、ドミニク達は領主官邸を追い出された。

「ドミニク！　流石だな、おい！」

「仕切り直し、いいと思うぜ！」

ノーマン達は、ドミニク鉱山長の肩を叩いて、彼の功績を讃えた。

自分の考えを表現することが上手くない鉱員達にとって、誇りを傷つけない形で思うことを実現するのは難しいことだ。しかし、ドミニク鉱山長はそれをサラリとやってのける。

笑顔の鉱員達に、ドミニク鉱山長は、まだ青い顔をしていた。

「みんな、安心してる場合じゃねぇぞ。この一カ月、誰も助けに来なかった。今だって迎えがない。何かが起こっている、すぐに鉱山に戻るぞ」
その言葉に、鉱員達は喜びから冷め、鉱山を担う者として顔を引き締めた。
（鉱山に何かが起こっている？　俺の、鉱山に……！）
ノーマンは、はやる思いで、ドミニク鉱山長達と共に鉱山へと向かった。
ノーマンには、他に何もないのだ。
先輩達から引き継いだあの場が、仕事が、ノーマンの全てだった。
そこに、何かの異変が生じている。
背中がゾワゾワとして、無性に落ち着かない。
（いや、でも、大丈夫だ。みんなが居るんだ。ドミニク鉱山長だって……）
そうして、ノーマン達は鉱山に辿り着いた。
けれども、中に入ることはできなかった。
鉱山周りには、大量の兵士達がいて、中へ立ち入ることを防がれてしまったのである。

◇◆◇◆◇

鉱山周りに、兵士達が闊歩している。

周りを取り囲むのはもちろん、中にもどうやらかなりの人数の兵士がいるようだ。

驚きながらも、鉱山の採掘拠点に向かおうとしたノーマン達を、兵士達は押しとどめた。

「何しやがる！」

「俺らの職場だ！　邪魔するんじゃねぇ！」

「あなた方には、中に入る権利がありません」

「なんだと!?」

ノーマン達は、兵士に食って掛かった。怒号を上げ、押しのけようとする。

しかし、彼らはノーマン達が見たこともないような魔道具を使って、それぞれの前に見えない壁のようなものを張ってくるのだ。ノーマン達は、兵士達の胸倉をつかむことすらできない。

ノーマンは舌打ちした。今までサルヴェニア子爵領に居た兵士達は、そんな訳のわからないものを使っている様子はなかった。この兵士達は間違いなく、あの胸糞悪い侯爵の手の者である。

騒ぐことしかできないノーマン達だったけれども、ドミニク鉱山長が腕を上げ、制止した。

「この場の代表者は誰だ。出てこい」

ドミニク鉱山長がそう言うと、部隊長だと名乗る黒髪の背の高い男が現れた。

「俺ぁ鉱山長のドミニクだ。この先には、俺らの職場がある。俺らの仲間もいる。これは一体、どういうことか聞かせてみろ。あいつらに何かしていたら、ただじゃおかねぇぞ」

ドミニク鉱山長はドスの利いた低い声でそう告げた。

その覇気に、周囲の兵士達は、幾分か怯んでいるようだ。

ノーマンは、ニヤリと笑った。

魔道具の壁があっても、ドミニク鉱山長のことはみんな怖いのだ。彼の力が認められているのだと思うと、自然と頬が緩む。

しかし、そこに平然とした声が降ってきた。

部隊長と名乗った、先ほどの男のものだ。

「我々は、ダグラス＝ダナフォール侯爵閣下の命でこの場に居る。まず、我々の誰かに危害を加えるならば、それは侯爵家に盾突くことを意味すると理解されたい」

「なんだとぉ⁉　あのクソ領主！　なんで邪魔する！」

「ここは俺達の場所だ！」

「――待て！　みんな、騒ぐな」

部隊長の発言にカッとなったノーマン達だったけれども、ドミニク鉱山長はそれをすかさず抑えた。

「鉱山長殿、でしたか。助かります」

「礼を言われるようなことはしてねぇ。それより、続けろ」

「はい。我々はこの鉱山に、ダナフォール侯爵閣下によって入鉱を許可された鉱員しか立ち入りを許さないよう命を受けています。そしてあなた方は、そうした入鉱許可を持つ方々ではない。ですから、ここをお通しすることはできません」

その話を聞いたノーマン達は、いきり立った。

何が入鉱許可だと、叫んだ。そんなことをする権利はない、ただじゃおかないと怒鳴り散らした。

けれども、その部隊長は怯まなかった。

ノーマン達に対して、ただ冷たい視線を送っている。

「通行止め。あんた達がしているのは、本当にそれだけか」

「そのとおりです」

「じゃあ、中の奴らをここまで呼んでくる分には、問題ないんだな」

ハッとしたノーマン達に構わず、ドミニク鉱山長は続ける。

「中の奴らと話をしたい。俺らを通さないって言うなら、レテロって奴を呼んでこい」

部隊長は目を細めると、「いいでしょう」と言い、部下に指示を出してレテロの呼び出しを手配した。

ノーマン達は、鉱山長に尊敬の目を向けながら、はやる気持ちでレテロを待つ。

そうして二十分も経った頃だろうか、レテロがノーマン達の前に現れた。

「ドミニク鉱山長！　みんなも！」

目に涙を浮かべながら駆け寄ってきたレテロを、ノーマン達は笑顔で迎える。

少なくとも、レテロは見た目は五体満足で元気そうだ。まずはそのことに、全員がホッと息を吐く。

「それで、レテロ。これはどういうことだ」

「鉱山長。実は、鉱山長達が出ていったあの日、こいつら兵士達がやってきたんだ」

レテロ達が急に現れた大量の兵士に驚いていると、そこに、兵士達だけでなく、領主を名乗るダークブロンドの男――ダナフォール侯爵が現れたらしい。

そして、彼はこう言ったのだという。

『先ほど領主官邸にやってきた君達の同僚は全員、脅迫の罪で我々が逮捕した。さて、君達は鉱山の採掘が進まず、困ることだろう。だから、我々がその手伝いをしようじゃないか』

「それから、この鉱山はこんな状態なんだ。兵士達がずっとうろついてる。採掘場も仕切られていて、俺達が入れない場所の採掘は、奴らがやってるんだ」

「なんだと⁉」

「勝手に鉱山を掘るなんて、奴ら覚悟はあるんだろうな！」

「レテロ。今お前達が採掘可能な採掘場は何割だ」

ドミニクが低い声で問いかけると、レテロは青い顔をして、躊躇うように告げた。

「……三割」

ノーマン達は絶句した。

その程度では、ノーマン達全員の食いぶちを稼ぐことはできない。

一カ月前に鉱山に残った鉱員達ですら、賄うことができるかどうか。

「鉱山長。俺達は、領主の傘下に入れって言われているんだ。そうしたら、今後食いぶちに困ることはないって」

「レテロ」

「俺達はどうしたらいいんだ。俺じゃぁわからねえ。頼むよ鉱山長、帰ってきてくれよ……」

途方に暮れた様子のレテロに、ノーマン達は何も言えなかった。

ドミニク鉱山長も、何も言わなかった。

それからノーマン達は、街に降り、ルビーを卸している市場や店へと向かった。

なぜかはわからないが、街でも兵士達がこれ見よがしにうろついている。兵士の目がない場所がなく、ノーマン達は監視されているようで、気に食わなかった。

しかし、それよりも、まずは状況を把握することが先決だ。

「なぜ助けに来なかったんだ！」

「俺達が居ないとルビーは卸せないはずだろうが！　それでもサルヴェニアのルビー工匠か！」

「ひっ……そ、それは、その……っ」

「——何をしている！」

ノーマン達が店でルビー工匠達を問い詰めていると、兵士が飛んできた。

卸売市場で、市場の職員を問い詰めているときもそうだ。

そうして兵士達に群がられ、いきり立つノーマン達を、ドミニク鉱山長が制止し、話を聞き出し、立ち去る。

それを繰り返し、ようやく状況がわかってきた。

どうやら、ルビーは鉱山から毎日卸されているらしい。

従来の量からは減っているものの、八割程度の量は卸されているので、街のルビー工匠やルビー商人達としては、暴動を起こすほど困っていないのだそうだ。

そして何より、街に兵士があふれている。

「み、見たこともないような武器を持った兵士達が、ずっとうろついているんだ」

「……」

「みんな怖がって、暴動なんか起こせねぇよ。なんだか、前の領主のときとは違うんだ。勘弁してくれ……」

そう言うルビー工匠達やルビー商人達に、ノーマン達は二の句を継げなかった。

(前の領主のときとは、違う……)

そう思って、ノーマンは頭を振り、その考えを止めた。

違う、そうじゃあない。

ノーマン達は、誇り高い鉱員だ。相手が誰であろうと、それが変わるはずがない。新領主相手であっても、それが曲がることはない。

「まずは解散しよう」

「鉱山長」

「みんな疲れているだろう。家に帰ってゆっくり休め。二日後、領主官邸の会議場に行って、話を聞こうじゃねえか」

そう言われて、ノーマン達は疲れているどころか、自分達が昼飯も食べていないことに気が付いた。

そして、認識してしまうと体が反応し、ぐう、とおなかの音がした。それはノーマンだけではなく、周りも同じだったようで、おなかの音が一斉に鳴り始めて、みんな乾いた笑いを浮かべる。

これだけ腹がすいているのだ、いつもなら、みんなで飲みに行くところだ。

だが、なんとなく今日はそんな気になれない。

その日は、ドミニク鉱山長の勧めに従い、みんな自宅へと帰ることにした。

第四章　侯爵の提案

家に帰り、泥のように寝て目を覚ました翌日。

仕事場に行く必要がなかったノーマンは、ずっと家でだらけていた。

何かしないといけないという気持ちはあったのだ。

しかし、頭の中で、今回の件について、ああでもないこうでもないと悩んだ結果、ノーマンの頭ではわからないことだらけで、何をどう行動に移したらいいのかさっぱりわからず、ただごろごろと怠惰に過ごすことになったのである。

家具の少ない、ごみが隅に寄せてある殺風景な一間、その片隅に置いてある寝台にあおむけになったまま、ノーマンは舌打ちする。

（どうしてこうなった？　前とは違う。なんであのクソ領主は、俺達が居ないのに採掘ができる？）

今どこを掘っていて、どの場所が危険で、どういった掘り方をして、何が必要で――。

そういった情報は、ノーマン達が、鉱山で働いていた先人達から連綿と引き継いできたものだ。

そして、この情報がないと、鉱山の採掘はできないはずなのだ。

『この情報はな、俺達の宝なんだ』

『宝？』

『そうだぞ、ノーマン。この情報がないと、採掘なんて危なくてできたもんじゃねぇ。場所を乗っ取ったとしても、しばらくは鉱山の状態の調査に時間がかかるから、採掘自体は止まる。するとどうなる？』

『ど、どうなるんだ？』

『一カ月、はたまた数カ月も調査に時間をかけてみろ。街にルビーが渡らなくなって、大暴動よ』

ガハハ、と笑う先輩達に、当時若造だったノーマンは尊敬のまなざしを向けたものだ。

彼らは既に現場を引退していったけれども、ノーマンは彼らの意思を引き継いでいる。詳しい理屈はノーマンの頭ではわからないが、とにかく、この情報を渡さなければ、採掘をすることはできないのだ。だからこの宝を、ずっと大切に守ってきた。

なのに、なぜ。

（わからねぇ。俺には、わからねぇ……）

ノーマンは、寝台の上で、ごろりと寝返りを打った。

仕事と、仕事帰りの酒以外に、ノーマンにやりたいことはなかった。

そして翌日、ノーマン達は領主官邸に集まってきた。

みんな、見た目が多少こざっぱりとしている。牢獄に入っていた一カ月、伸び放題だった髭を整えたからだろう。

しかし、髭を整えた分、なくなった筋肉、衰えた顔つきがよりあらわになっていた。

この一カ月の牢獄生活と、鉱山を奪われた衝撃が、みんなの体と心に大きな負担をかけている。

(あのクソ領主のせいだ。あの、悪魔……)

ギリギリと恨みの炎に燃えるノーマンの前に、その悪魔は現れた。

相も変わらず、顔に笑顔を貼り付けている。

「やあ、諸君。待っていたよ。今日は君達に提案があるんだ」

「その前に、これは一体どういうことだ。鉱山に手を出すとは、何のつもりだ！　説明しろ！」

怒鳴りつけるドミニク鉱山長に、ノーマン達は勢いづいた。

この一カ月、そしてここ数日のフラストレーションを全てぶつける勢いで、叫び散らした。

そうして数分後、ようやく落ち着いた会議場の中、ダークブロンドの悪魔は肩をすくめた。

「満足したかね？　本当に元気なことだ。羨ましいくらいだよ」

「俺達をあおるな。これ以上そういった態度をとるなら、こちらもそれ相応の覚悟を決める」

「なるほど、それは失礼。ではまず、これまでの経緯について説明しよう」

静まりかえった会議室の中で、悪魔はようやく、話を始めた。

「私は、君達を逮捕した。君達がやったことは、この国、この領内では犯罪だからね。しかし、君達が居なくなったことで、困ったことになった。我がダナフォール侯爵領のルビーを採掘する者が半数以下に減ってしまったのだ」

「なら、俺達を捕まえなきゃいいだろうが！」

「そうはいかない。悪いことをしたら、罰を受ける。その法則を捻じ曲げることはできない。だから、私は領主として、足りないものを補充したのだよ。北部オルクス鉱山は知っているかね」

全くピンと来ていない様子のノーマン達に、新領主はふむ、と顎に手を当てた。

「北部の有名なルビー鉱山だよ。鉄分の多い黒みがかった美しいルビーを産出している。そのオルクス鉱山のあるオルクス辺境伯領の隣地が、私の実家なのだよ。だから、隣地のよしみで、鉱員を融通してもらった」

足りないものの補充。物の話だと思ったそれに、人材のことも含めるというのか。

唖然とするノーマン達に、ダークブロンドの男は、悪魔のような笑みを浮かべる。

「いいかね？　私は、この地の領主だ。そして、鉱山は私が管理することにした。もうあそこは、君達の鉱山ではない。君達が牢屋に居た一カ月で、私が認めた鉱員だけが採掘を行うことができる、領主直轄の鉱山に生まれ変わったのだ。そして、私の鉱山では、君達の存在は必要不可欠のものではない」

ノーマンには、理解できなかった。

何を言い出すのだ、この男は。

あの地は、ノーマン達のものだ。

ノーマン達でないと、採掘のできない、自分達だけの場所……。

「なぜこんなことをする」

思考の海に沈みかけたノーマンの意識を揺り戻したのは、ドミニク鉱山長だった。

彼は、折れずにまだ、新領主に立ち向かっていた。

この悪魔のような男に。

「決まっているさ。君達の態度が、この街の癌だからだ」

悪魔はここで、今まで見せていた笑顔を消した。

怜悧なダークブルーの瞳が、冷たく光る。底冷えするようなその視線に、ノーマン達は息を呑む。

「君達は、気に入らないことがあると、声を荒げる。人を睨みつける。パニックを起こし、怒りのままに叫び散らす。ひどいときは手が出る。優遇されてなお、それを当然のこととして、粗暴な態度を改めることもない。そしてそういった行為を、集団で行う」

怒りをあらわにするダークブロンドの男に、もはや誰も、声を発することができなかった。

それは、ノーマン達が、当然だと思ってやってきたことだ。

ノーマン達の立場を守るために、必要なことで、正しい行為のはずだ。

なのに、この男は——。

「それは、この街にとって、不要なものだ。領地の発展のために、認めてはならないものなのだよ。怒鳴れば、希望が通る。そんな原始的な理屈がまかり通る世界など、このダナフォール侯爵領には不要」

この男は、それを否定する。

そしてその結果、この悪魔は、ノーマン達が守ろうとしたものを全てを奪ってしまった。

怒りと悔しさで、手が震える。

鉱山の周りに居た兵士達を見た。

街をうろついていた兵士もだ。

そして今、目の前の悪魔を守るために配置された護衛達。

今までのサルヴェニア領の兵士達とは、訳が違う。

装備は手厚く、魔法武器を持ち、何よりも、部隊長以上になると、ノーマン達に怯まず向き合ってくる気概がある。

今までのように暴動を起こしたところで、勝てる相手ではない。

そのことが、頭の悪いノーマン達にも、手に取るようにわかった。

けれども、同時に気が付いてしまったのだ。

もう、手がない。

鉱山を奪われた。領民の協力もない。奪われたものを、奪い返す力がない。

このままだと、ノーマンの手には、何も残らない。

ずっと守ろうとしたあの場所、みんなと生きていこうと思った世界、ようやく手にした仕事――ノーマンが守りたかったものは、もう戻ってこない。

あとは、どう落とし前をつけるか。それだけだった。

何も残らないノーマンに、ノーマン達に、できることは――。

「だからね。君達に、けじめをつける機会を与えようと思ったのだよ」

最後の最後に、全てを投げ捨てて戦おうとしていたノーマン達の戦意を削いだのは、目の前の領主だった。

気が付くと新領主は、先ほどまでの冷たい表情をしまい込み、今までのように笑顔を顔に貼り付けている。

けれどもなぜだろう。

不思議なことに、ノーマンにはその笑顔が今、彼の心からのものに思えた。

「私の前任がね。君達を必要だって言うんだよ。まあ、そう言っているのは前任だけじゃないのだが」

「……サーシャか？」

「そうだとも、鉱山長。サーシャ＝サルヴェニア前子爵。彼女は君達のことを、信じると言っていた。君達も、守るべき領民なのだと」

ノーマン達は呆然としながら、目の前の侯爵を見た。

ノーマン達の肩からは力が抜け、驚きが怒りを頭から押し出している。

サーシャ＝サルヴェニア。

あのちんまりした小娘。

ノーマン達が怒鳴り散らすと、半泣きになりながらも立ち向かってきたあの領主が、なんとノーマン達を庇っているのだという。

「私には、君達を排除するだけの力がある。それは既に君達にもわかっていることだろう。けれどもその力は別に、君達を排除するためにあるものではない。領民が安心して暮らせる、官僚が安心して統治できる領地を作るために使うものだ。そして、サーシャ＝サルヴェニアの言うとおり、君達も間違いなく、このダナフォール侯爵領の領民だ」

領民、と呟いたノーマンに、ダグラスは満足そうに頷く。

「君達はこのダナフォール侯爵領に住んでいる人間だね。人の移り変わりの激しいこの侯爵領において、少数派ともいわれる定住者。その質が悪いのであれば、公正な手続の上、その排除もやぶさかではないのだが――やっかいなことに、まだ、君達を信じている者達が居る」

言葉とは裏腹に、全くやっかいだとは思っていない様子で、ダグラスは足を組んだ。

なぜかはわからない。

しかし、目の前の新領主は、本当に楽しそうな顔をしてノーマン達を見ていた。

ノーマン達を切り捨てないという判断を、嫌がっている様子がない。それどころか、ノーマン達が彼の提案に頷くと信じて疑わず、それこそが彼の戦果だと考えているようなそぶりさえある。

――ノーマン達を、自らの下に迎え入れることを歓迎している。

「ならば、私はそれを信じよう。私には君達を信じるだけの根拠はないが、君達を信じている者達は、信用に値する者ばかりだ。そして何より、私は欲張りだからね。守るべき領民は、一人でも多く居た方がいいと考えている。それが有能な鉱員であるならば、なおさらだ」

そして、彼は手を差し出した。

「私の手を取りたまえ。君達に、仕事を与えよう。侯爵直轄鉱山の採掘事業――国の最高峰、ピジョンブラッドと呼ばれる至高のルビーの採掘に当たる鉱員を求めている。もちろん、私の傘下に入るのであれば、むやみに怒鳴り散らすことは今後許さない。周囲に対する粗暴な態度も改めてもらう。しかし、私の手を取るならば、私は全力で君達のことを領民として守ろう」

ノーマン達は、動けなかった。

ここに来たのは、この目の前の領主に、落とし前をつけさせるためだった。

ノーマン達の鉱山を取り戻し、それができなくても一矢報いるために、ここに集まった。

けれども、領主はノーマン達に、場所を用意するという。

ノーマン達に、仕事を。

（俺は……）

戸惑って動けないノーマン達に、ダグラスは顎に手を当てた。

「ふむ。急な申し出だ、考えるにも少し時間が要るだろう。場合によっては数日考えるといい。私の下につくと決めた者には、入鉱許可証を渡そう。この場であれば、そこの事務員に声をかけるといい」

そう告げると、ダグラスは会議場を去っていった。

ノーマン達の間には、何とも言えない空気が流れていた。

みんな、どうしたらいいのかわからない、といった様子だ。

半数以上は、ダグラスの申し出に乗りたい気持ちをあらわにしていたけれども、しかし、それを言い出したならば、裏切り者扱いされるかもしれないという恐怖もあり、口をつぐんでいる。

ノーマンは、ただ、黙っていた。この行き場のない気持ちの処理の仕方がわからなかったのだ。

ここで、ドミニク鉱山長が口を開いた。

「侯爵に従おう」

「……！」

「こ、鉱山長！」

「これは破格の申し出だ。それはみんなもわかってるだろう」

ドミニク鉱山長がみんなを見渡すと、みんなもわかってるのだろう、一様に口を引き結び、頷く。

「あいつは――侯爵閣下はいつでも俺達を潰せる。その力があるってことを、示してきた。その上でなお、俺達を迎え入れると言っているんだ。断る選択肢はねぇ」

そう言いきった鉱山長に、その場の大多数は安心した顔をして声を漏らした。

「そ、そうだ、これは仕方ねえ」

「俺達はできる限りのことはやったんだ」

「あいつに従う屈辱より、鉱山に俺達の手をかけられねぇことの方が我慢ならねぇ」

「そうだそうだ！」

その場に、笑いが起こった。

それは、今までのものに比べると力ないものではあったけれども、確かに、みんなの心を軽くするものだった。

失ったものはあるけれども、まだ繋がっている。

その思いが、彼らの気持ちを支えた。

けれども、ノーマンは、彼らのようにはなれなかった。

「わりぃ。俺は抜ける」

「ノーマン！」

ドミニク鉱山長の呼びかけに、ノーマンは振り向かない。

そのまま、彼らに背を向け、会議場の扉へと向かった。

「俺ぁ、みんなみたいに器用じゃねえから。すまねえな」

ノーマンはそのまま、会議場を去った。

◇◆◇◆◇

ノーマンは、家に帰った。

そして、何日か家に引きこもっていた。

なぜあのとき、ノーマンはみんなのように、侯爵の手を取ることができなかったのか。

気持ちがぐちゃぐちゃで、ノーマンは自分でも自分の気持ちが理解できなかった。

けれども、今に至るまで、ノーマンは侯爵の傘下に入ることができないでいる。

この胸の内のモヤモヤとした気持ちを消すことができず、ノーマンは机に八つ当たりをし、木の机はめっきりと中央から二つに折れてしまった。

ノーマンはのそのそと寝台から起き上がると、残飯を漁るために下町へと向かう。

(腹が、空いた……)

ノーマンには、もう仕事がないのだ。手元に残った金は少なく、それも家を維持するために残しておかねばならない。

鉱員上がりのノーマンを雇うような職場は、この街にはない。

結局、ノーマンは、残飯漁りに戻ってしまったのだ。

鉱員達は、老いて体力を失うと、仕事を失い、残飯漁りに堕ちる。

力仕事は当然できないし、大量の石からルビーを見つける細かい仕事であっても、老いて目の悪くなった元鉱員達より、残飯漁りをしている子ども達の方が目端が利いて見落としがない。

そして、そうした他の者より効率の劣る者を雇う余裕は、鉱山周りにはないのだ。

だから、ノーマンは残飯漁りの覚悟は決めていた。

予定よりも早く、残飯漁りに戻った。ただ、それだけのことだ。

気力のない歩みで、残飯漁りに向かい、意外と多い収穫を手にし、家に戻る。

街の掲示板の近くでは、貧困層向けの給付金や、一時保護所の案内がされているけれども、当然ながら、領主の手を借りる気にはならなかった。

残飯漁りをしていると、ノーマンの他にも何人か、元同僚を見かけることがあった。

「よぉ、ノーマン」

「ケヴィン、お前もか?」

「そうさ。……わかんねぇんだけどさ。俺は、今の鉱山に戻るのは、なんかだめだったんだ」

そう言って、ケヴィンは残飯漁りのため去っていった。

ノーマンは、同僚達と会っても、長く話をしなかった。

胸にくすぶる気持ちを言葉にすることはできないと思ったし、なんだか、誰かと長く話をしたい気分ではなかったのだ。

さらに数日、残飯漁りを繰り返し、ふと、ノーマンは気が付いた。

他の残飯漁りが少ない。

子ども達は、もしかしたらあの領主が回収したのかもしれない。

あの領主なら、孤児院でもなんでも、大量に作る資金を持っていそうだ。

子どもの保護といえば、ノーマンのように孤児ではなく、育児放棄気味な両親が居る場合、今までの領主達は手を出しづらそうにしていたが、その辺りもきっと、頭の悪いノーマンにはわからないような方法で解決したのだろう。

しかし、鉱員上がりの老人達はどこに行ったのだろうか。

人が少ないおかげで、ノーマンは多くの残飯を手にすることができたけれども、しかし腑に落ちない。

そんなある日、ノーマンの前に、昔の先輩が現れた。


「ホレスさん！」

「ノーマン、生きていたか」

ホレスは元鉱員で、ノーマンを手づから育ててくれた先輩の一人だった。

懐かしい顔に、ノーマンは久しぶりに頬が緩むのを感じる。

「ホレスさん、今どうしてるんですか？」

「……」

「ホレスさん？」

「実は、俺達ぁ今、雇われて、仕事をしてるんだ。もう一カ月以上も前から」

「し、仕事ですか？　どんな……誰が雇ってくれたんです」

荒くれ者の元鉱員を雇ってくれる職場。力が落ちたホレス達でもできる仕事。

その職場であれば、ノーマンのことも雇ってくれるかもしれない。

そう思って、半ば笑顔で尋ねたノーマンを、ホレスの言葉はどん底に突き落とした。

「侯爵閣下だ」

侯爵。

また、あの侯爵だ。

こんなところまで手を伸ばしている。

絶望で一杯になったノーマンは、ひねり出すように言葉を発する。

「侯爵……あいつの下で、何をしてるんです……」

「……鉱員として、働いてる」

「鉱員!?　ど、どうやって」

その理由。

鉱山の七割を奪い、急なことにもかかわらず、すぐにある程度の採掘を始めることができた、
あのときの、先人達の言葉が思い浮かぶ。

『この情報はな、俺達の宝なんだ』

ガン、と頭を殴られたような衝撃が走った。

「道案内と、掘削だよ」

「――裏切り者!!」

「そうだ。俺達が全部、話した」

「何をしたのかわかってんのか! お前達が、俺達の鉱山を売り渡したんだ! お前が――」

「別に、なくても構わないと言われたんだ!」

顔を真っ赤にして食って掛かるノーマンに、ホレスは叫ぶ。

あまりにも感情的なその叫びに、ノーマンは息を呑んだ。

「あいつは――あの領主は、残飯漁りをしていた俺ら元鉱員達を集めた。それで言ったんだ」

『私には、鉱山を乗っ取る用意がある。採掘の知識を持った鉱員達。侯爵家としての資産を投じた、最新鋭の掘削機や魔道具。君達の助力がなくとも、まあ最終的には困らない』

あのときの言葉を思い出し、ホレスはぶるぶると拳を震わせる。

そのあまりに大きな怒りに、ノーマンは多少、冷静さを取り戻した。

「鉱員としての誇りを持った俺達を集めておいて、あいつ、言うに事欠いて、要らないと言いやがった。俺達の知識は、決定的な何かをもたらすものじゃねえと」

「……なら、なんで」

「だけど、それでも俺達に、仕事をやるって言うんだ。それも、鉱員の」

ホレスの顔が、くしゃりとゆがむ。

『だが、最終的に困らないとはいえ、あると便利なことは確かだ。そして何より、得られるものがあるのであれば得ておきたいと、私はそう考えている』

ダークブロンドの男は、口を弓なりに曲げ、目を細めた。

さながら、悪魔のように。

『君達に、仕事を与えよう。鉱山の知識を利用し、私の用意した新たな鉱員達に道案内をする仕事だ。他にも、掘削機や魔道具の使い方を教えよう。——そうすれば、あと十年は鉱員を続けられるだろうね』

「あいつは、俺達をまた鉱員にしてくれるって言ったんだ。仕事を、誇りを与えるって、そう……残飯漁りしかできない俺達はそれを、断れなかった」

「……」

「それでも、俺達はお前達を見捨てるのは嫌だった。だから、今の鉱員達をどうするつもりなのか、聞いたさ。そしたらあの領主――」

『全員私のものだよ？』

あの領主は、目を丸くした後、当たり前のことのようにそう告げたらしい。

『彼らは私の領地に住む領民だ。だから、全員私の傘下に入れてみせるさ。まあ、そのためには君達の協力があった方がいいのは確かだね』

『そ、そんなことが、できるって言うのか……』

『もちろんだとも。そのための力と人脈、資金は持っている』

『なんでそんな、面倒なことをする』

ホレスは不思議だった。

この冷たい笑みを顔に貼り付けた男は、領主にとってやっかいな相手であろう鉱員達を取り込もうとしている。冷徹そうな顔をしているくせに、そのやり方は余りにも手ぬるい。

もっと別の、労力の要らない手段があるはずなのだ。鉱員としての人材に伝手があるなら、兵力を持っているなら、今居る奴らを全員、鉱山から追い出して、鉱員を入れ替えてしまえばいい。そうした非情で効率のいい対応もできるはずなのに、なぜこの新領主は、金をかけ、ホレス達の説得という労力をかけながら、全員を取り込もうとするのか。

ホレスの疑問に、目前の侯爵は目を瞬いた後、ニヤリと笑った。

『私は、成果の多い手段を好むのだよ』

その笑顔で、ホレス達は決断したのだ。

この領主の下につくと決めた。

「俺達を取り入れることを、あいつは成果だと言った。俺は、その言葉を信じた」

ホレスは、ノーマンの両肩に手を置いた。

「なあ、ノーマン。お前も来いよ。ほとんどの奴が、また鉱山で働いているんだ。意地を張るのもそろそろやめにしよう」

ノーマンは、しばらく俯いていた。

気持ちがぐちゃぐちゃで、泣きたいような、逃げ出したいような気持ちが迫り上がってきて、何が正しいのか、ノーマンには全然わからない。

「……考えさせてくれ」

「ノーマン！」

「あんたは、鉱山に戻るといい。もう俺のところには来るな」

そう言って、ノーマンは逃げるように家に戻った。

家に戻ると、家の戸の前に、ドミニク鉱山長が居た。

ドミニク鉱山長は、ノーマンが会議場を後にしたあの日から毎日、ノーマンを説得するために現れていた。

けれども、ノーマンは話をするのを拒否した。扉の前まで来た彼を、毎日追い返していた。話をするための、心の整理がついていなかったのだ。

「ノーマン。ほら、今日も飯を持ってきたぞ」

「……」

「ここに置いていく。気が向いたら食え」

「……ドミニク。話があるなら、入れ」

ドミニク鉱山長は、目を見開く。

ノーマンも、自分の口から出た言葉に驚いていた。

そして、後悔した。

ドミニク鉱山長が、泣きそうな顔をしていたからだ。

……もっと早く話をしていればよかったと、ノーマンは乾いた笑いを浮かべた。

机もなくなり、殺風景な一間の中、ドミニクはたった一つだけある椅子に、ノーマンは寝台に腰掛ける。

椅子に座るなり、ドミニク鉱山長は話を切り出した。

「ノーマン。お前も鉱山に来い」

「……」

「これ以上意地を張ってどうする。お前が必要だ。お前の居場所は、鉱山だろう」

ノーマンが俯いていると、ドミニク鉱山長が静かに切り出した。

「実はな。俺はこうなることを、前から知ってた」

ギョッと目を剥くノーマンに、ドミニク鉱山長は静かな目を向ける。

「侯爵閣下は、事を起こす前に、俺のところに来たんだ」

「……前」

ノーマンは、思い出していた。

確かに、あの侯爵は、ドミニク鉱山長のところに挨拶に来ていた。ノーマンはそれを、遠目に見た。

どうやらあれは、挨拶だけではなく、根回しのためのものだったらしい。

「あんたも、裏切っていたのか」

「犯罪者として全員追い出してもいいと言われた」

目を見開くノーマンの視線を、ドミニク鉱山長は真っすぐに受け止める。

『君達のことを、逮捕して、追い出すこともできる。少しつつけば、皆どうせ暴れるのだろう？』

冷たい笑顔を向けてくるダグラスに、ドミニク鉱山長は悟った。

これは勝てない。

この男に逆らえば、本当に全員が、この鉱山に居られなくなる。

そう思ったから、彼はすぐさま尋ねた。

『何をすればいい』

『ふむ。話の早い男は嫌いじゃない。何が条件だね』

『全員だ』

「俺は、全員に手を差し伸べることを条件に出した。俺以外の全員を切り捨てず、拾い上げるなら、指示に従うと」

「……ドミニク」

「そうしたら、あの侯爵閣下はそれを一蹴したんだ」

目を見開くノーマンに、ドミニク鉱山長は自嘲する。

『何を言っているのかね。君を除いてどうする』

あのとき、目の前に居た侯爵は、なんだか愉快なものを見たかのような顔をしていた。

『すくい上げるなら全員だ。君を含めてね。というか、君が残らないなら、全員を拾うことはできないだろう。その程度には、君達のことを把握しているよ』

『そうか』

『いや、しかし、君の反応は思った以上の収穫だった。いいだろう。君の望むとおり、私は全員に機会を与えよう。だから、私の手を取りたまえ』

そう言って朗らかに笑う侯爵に、ドミニクは折れた。

ドミニクの出した条件を、簡単なことのように言うその男の手を取ったのだ。

「俺は今、鉱山で小間使いをしてるんだ。鉱山長のままでいていいと言われたが、断った。だから、実はもう鉱山長じゃねぇ」

「な、なんで」

「全員が、戻ってないからだ」

狼狽えるノーマンを、ドミニクは真っすぐに見据える。

「侯爵閣下が約束したのは、全員にチャンスを与えるところまでだ。そこから先は、俺の仕事だ」

「仕事？」

「お前達の鉱山長としてのな」

ドミニクは居住まいを正し、そして、告げた。

「俺を鉱山長にしてくれたのは、鉱山の仲間全員だ。その仕事はお前達全員の生きる場所を守ること、それが俺の人生を賭けてやるべきことで、まだ実現できてねぇ」

そう言うと、ドミニクは椅子から立ち上がり、深々と頭を下げた。

「頼む、ノーマン。帰ってきてくれ。俺のために、俺達のために帰ってきてくれ。――お前が必要なんだ」

それを聞いて、ノーマンは一筋、涙をこぼした。

ノーマン達が尊敬するドミニクが、頭を下げている。

頭を下げることしか、できないのだ。

それを見て、ずっとわからなかったことが、ようやくわかった。

「俺達は、負けたんだな」

「……ノーマン」

「俺ぁ、それが悔しかったんだ。俺達の場所は、取られちまった。どんなにお膳立てされても、もうあそこは、俺達の鉱山じゃねぇ。自分達で好きに動かしていた、俺達の……」

「ノーマン」

涙を落とすノーマンの肩に、ドミニクが手を当てる。

「そうだ、俺達は負けた。今までのように、自分達のやり方を押し通すことはもうできねぇ。

全ては俺の力不足によるものだ。本当にすまねぇ」

「違う。ドミニクのせいじゃねえ。俺のせいだ。俺達が、あの場所を守りきれなかった。……誇りを、繋ぐことができなかったんだ」

何も持たなかったノーマンが唯一、手に入れたもの。

先人達から引き継いだそれは、彼にとって何よりも大切なものだったのだ。

そしてそれは、もう取り戻すことができない。

「まだ繋がってる」

のろのろと顔を上げるノーマンに、ドミニクは力強く続けた。

「ノーマン。俺達が誇りを繋いできたのは、何のためだ。なぜ、あれほどまでにあの場所を守りたいと願った」

「なぜ……」

「仲間が居るからだろうが！」

肩をつかむ強い力を感じながら、ノーマンはドミニクを見る。

「俺達は仲間だ。仲間達の築き上げてきたものを守ってきたのは、何よりもその絆を大切にしたいからだ。忘れたくないからだ。それは例え、あの領主の飼い犬になったとしても、奪われたりしない！」

ノーマンは、笑った。

視界が歪んで、仕方がない。

「そんなのは、詭弁だ」

「そうだ。俺なんかが考えつくのは、そんなもんだ」

「ドミニクがそうなら、他の奴らはもっとひどいだろ」

「だからあの悪魔にしてやられたんだろうな」

「お前も悪魔だと思っていたのかよ」

「そうだよ、当たり前だろ！　あれさえ来なけりゃ、俺達は今までどおりだったんだぞ！　何なんだよあのヒョロガリは!!」

本気でムシャクシャしている様子のドミニクに、ノーマンは笑った。

久しぶりに、大声を上げて、涙が出るほど笑った。

その日、ノーマンはドミニクと二人、久しぶりに酒をあおった。

こんなに美味い酒は、いつぶりのことだろう。

二人で散々、あの領主の悪口を言い募り、不満を語り、そしてべろべろに酔い潰れ、眠り込んだ。

酒でフワフワとした意識の中、ノーマンは領主の言葉を思い出していた。

『私の手を取るならば、私は全力で君達のことを領民として守ろう』

きっと明日、ノーマンは鉱山へ行く。

そして、領主直轄鉱山の鉱員として、働くのだろう。

領主達に頭を下げ、仲間達と仕事をし、先輩に教えを乞い、後輩に技術を伝える。こうしてたまに酒を飲んで、領主の愚痴を言いながら、次の日は仕事に戻る。

飼い犬になるのは今でも不満だけれども、それも悪くないのかもしれない。

何しろ、ノーマン達を陥れたあの悪魔が、今度は味方として、ノーマン達を守ってくれるというのだ。

学がなく、搾取されがちな存在であるノーマン達は、もう、自分で自分を守る必要は、きっとないのだから。

第五章　笑顔

「……恐ろしい」

統治部長のレイフは、心底震えていた。

新領主ダグラス＝ダナフォール侯爵は、あっという間に鉱山周りを手中に収めてしまった。

それだけではない。

孤児院を増設し、鉱山で働く子ども達を学校に入れ、老人達に仕事を与え、最新鋭の機器を導入し、採掘量を三カ月足らずで二割増やしてしまったのだ。

ついでに、鉱員を増員したことにより発生した余剰の時間を教育にあてたため、鉱員達の素行が格段によくなった。領主直轄地として福利厚生を充実させ、彼らの心をつかんだ。

気が付いたら、あの鉱員達が、新領主に対して、尊敬の念を向けるようになっていたのである。

（……………まだ、新領主が就任してから、三カ月しか経っていないのに……）

しかも、こうした鉱山周りへの新領主の対応を見て、他の苦情も減り始めたのだ。

どうやら、苦情主達は、下手に侯爵に楯突くと、自分達も教育されるのではないかと警戒しているらしい。

ダグラスはあの呟きどおり、見事に、鉱山周りを見せしめにしたのだ。

そして、今日も今日とて、「問題が解決していくからつまらん」と呟いている。

(もう一体、なんなのだ、あの方は)

もはや笑うしかない状況下、レイフは今、そんなダグラスの元へ、稟議書を抱えながら歩みを進めていた。

きっとレイフが頭を悩ませながら印を押したこの稟議書の内容も、ダグラスであれば、あっという間に理解してしまうのだろう。なんなら、稟議書内で提案した解決案よりいい方法を指示されてしまうかもしれない……。

レイフは背筋に力を入れ、部下を引き連れながら、ダグラスの執務室へと入室する。

そして、稟議書についての話をしようとしたところ、「そういえば」とダグラスが切り出した。

「そういえば、レイフ統治部長」

「はい」

「鉱山周りの件、感想を聞きたい。どうだったかね?」

ニコニコと微笑むダグラスに、レイフは目を丸くし、そして笑う。

実はダグラスは、鉱山周りに手をつけるにあたり、事前に元子爵であるサーシャと、レイフ達各部の部長を集めた。

そして、どの方法を取りたいか、問いかけたのだ。

「私には力がある。彼らを殲滅することも、追い出すことも、飼い犬にすることもできる。さて、ここで問題となるのは、他の領民達の気持ちだ」

「領民達？」

「そうとも。彼らに搾取されてきた者。威圧され、逆らえなかった者。怒鳴れば意見が通る、その理屈に振り回されてきた領民達の気持ち。これに対する、落とし前をつけさせねばならない」

そう言いながら、ダグラスは、顔に笑顔を貼り付けたまま、レイフ達を見た。

レイフは悟った。

この侯爵は、復讐をする機会だと、レイフ達を唆しているのだ。

レイフの脳裏に、走馬灯のように、今までの出来事が蘇った。理不尽に怒鳴られ、罵倒されたこと、新事業を立ち上げるたびに事前説明に力を費やし、文句を言われ、苦しんだ日々……。

「私は……」

口を開いたのは、サーシャだった。

手が震えているけれども、目は真っすぐに、ダグラスを見ている。

「私は、思い知ってほしい。彼らに、ちゃんと理解して、反省してほしいのです」

「ほう？」

「厳しい罰を与えるのではなく、理解を。追い出すのではなく、落とし前をつけた後は、教育を」

「それは、彼らを許すということか？」

「違います。彼らは、私達と同じ、人間です。この地の領民です。悪いことをしたら、罰せられる。怒鳴り散らしたら、叱られる。特別に『許される』ことはないのだと、彼らに思い知ってほしい。それができれば、私はきっと、私の気持ちにけりがつけられると思うのです」

そこまで言い切ると、サーシャは、チラリと上目遣いでダグラスを見た。

「……もちろん、それができれば、で、構わないのですけれど」

あ、と周りの誰もが思った。

これはやばい。

ダグラスの目が笑ってない。

顔は笑顔なのに、底冷えするほど恐ろしい。

サーシャも、しまったとばかりに冷や汗をかいている。

これは本当にやばい。

「ガードナー次期辺境伯夫人は、人をやる気にするのが上手でいらっしゃる」

こうして、ダグラスは、鉱員達の心をメタメタに折りながら飼い殺しにする作戦を実行したのである。

その結果、彼らはその誇りをボキボキに折られ、彼に屈服させられたのだ。そして、自分達のやってきたことの意味を知るため、教育を施されている。

レイフは、正直……。

「……正直、胸がすきました」

ニヤリと笑うレイフに、ダグラスは朗らかに笑う。

その笑顔を見て、レイフも、自然と笑みがあふれた。

この侯爵が笑っている限り、きっと大丈夫。

そう思わせてくれる稀有な領主に、レイフは心の底から、感謝したのである。

あとがき

はじめまして、作者の黒猫かりんです。

拙作「疲労困憊の子爵サーシャは失踪する　～家出先で次期辺境伯が構ってきて困るのですが！」を手に取っていただきまして、どうもありがとうございます。


本作品は、馬車馬のように働かされ、精神的にも肉体的にも追い詰められた十八歳の子爵サーシャが、別人に扮して失踪したことをきっかけに、幸せを手に入れていくお話です。

しかし、そもそも何故、齢十八歳の少女にすぎないサーシャが、子爵として馬車馬のように働き、疲労困憊したのでしょうか。

今回その原因となったのは、巷でよくあるパワハラではなく、パワーがないハラスメントでした。いわゆる、『できないから代わりにやって』というやつです。

「自分にはできない」と言いながら、彼女に押し付けた人。「どうしようもなかった」と言いながら、彼女の苦労に目をふさぎ、自分だけが満足していた人。そんなふうに仕事を押し付けられた彼女のことを、「要領が悪い」と都合よく思い込んだ人。

サーシャが居なくなった後、彼らは一体どうなったのでしょうか。

気になる方は、本編をお読みいただけますと幸いです。

あとは、この本を出すに当たりお世話になった皆様に謝意を。

イラストを描いてくださった問七先生、WEB掲載当時から色々と相談にのってくださった皆様、本当にありがとうございます。

それから、担当編集のS様。対応も早くやりとりも丁寧で、安心して作品をお任せすることができました。どうもありがとうございます。

そして何より、WEB版を読んで応援してくださった皆様。皆様のおかげで、この本を出すことができました。この作品だけでなく、私の執筆はいつも皆様に支えられています。最上級の感謝を贈らせてください。

最後に改めて、この本を手に取ってくださってありがとうございました。

皆様に少しでも楽しんでいただけることを祈っています。

二〇二三年一〇月　黒猫かりん

ちっこい俺の巻き込まれ異世界生活
1～5
著 ぬー
イラスト こよいみつき
2024年5月、
最新6巻発売予定！
コミカライズ企画進行中！
異世界転生したら幼児になっちゃいました!?
ちっこい俺でも異世界を楽しんでいい？
巻き込まれ事故で死亡したおっさんは、幼児ケータとして異世界に転生する。聖女と一緒に降臨したということで保護されることになるが、第三王子にかけられた呪いを解くなど、幼児ながらに次々とトラブルを解決していく。
みんなに可愛がられながらも異才を発揮するケータだが、ある日、驚きの正体が判明する――
ゆるゆると自由気ままな生活を満喫する幼児の異世界ファンタジーが、今はじまる！
定価1,320円（本体1,200円＋税10%） ISBN978-4-8156-1557-4
ツギクルブックス
https://books.tugikuru.jp/

異世界に
転移したら山の中だった。
反動で強さよりも快適さを選びました。
1～12
著▲じゃがバター
イラスト▲岩崎美奈子
「」カクヨム
書籍化作品
「カクヨム」総合ランキング
累計1位
獲得の人気作
（2022/4/1時点）
2024年3月、
最新13巻発売予定！
勇者には極力
近づきません！
『コミック アース・スター』で
コミカライズ
好評連載中！
花火の場所取りをしている最中、突然、神による勇者召喚に巻き込まれ
異世界に転移してしまった迅。巻き込まれた代償として、神から複数の
チートスキルと家などのアイテムをもらう。目指すは、一緒に召喚された
姉（勇者）とかかわることなく、安全で快適な生活を送ること。
果たして迅は、精霊や魔物が跋扈する異世界で快適な生活を満喫できるのか――。
精霊たちとまったり生活を満喫する異世界ファンタジー、開幕！
定価1,320円（本体1,200円＋税10%）
ISBN978-4-8156-0573-5
「カクヨム」は株式会社KADOKAWAの登録商標です。
ツギクルブックス
https://books.tugikuru.jp/

追放
悪役令嬢の旦那様
著／古森きり
イラスト／ゆき哉
1~7
マンガ Park
「マンガPark」（白泉社）で
©HAKUSENSHA
コミカライズ好評連載中！
謎持ち悪役令嬢
第4回ツギクル小説大賞
大賞受賞作
規格外の旦那様と辺境ライフはじめます!!!
卒業パーティーで王太子アレファルドは、
自身の婚約者であるエラーナを突き飛ばす。
その場で婚約破棄された彼女へ手を差し伸べたのが運の尽き。
翌日には彼女と共に国外追放＆諸事情により交際0日結婚。
追放先の隣国で、のんびり牧場スローライフ！
……と、思ったけれど、どうやら彼女はちょっと変わった裏事情持ちらしい。
これは、そんな彼女の夫になった、ちょっと不運で最高に幸福な俺の話。
定価1,320円（本体1,200円＋税10%）
ISBN978-4-8156-0356-4

ざまぁされた王子の三度目の人生
著：海野《うみの》はな
イラスト：梅之シイ
前々世で
婚約破棄した元婚約者に
今世で
ひとめぼれ!?
傲慢な王子だった俺・クラウスは、卒業パーティーで婚約破棄を宣言して、鉱山送りにされてしまう。そこでようやく己の過ちに気が付いたがもう遅い。毎日汗水たらして働き、一度目の人生を終える。
二度目は孤児に生まれ、三度目でまた同じ王子に生まれ変わった俺は、かつての婚約破棄相手にまさかの一瞬で恋に落ちた。
今度こそ良き王になり、彼女を幸せにできるのか……？
これは駄目王子がズタボロになって悟って本気で反省し、三度目の人生でかつての過ちに悶えて黒歴史発作を起こしながら良き王になり、婚約破棄相手を幸せにすべく奔走する物語。
定価1,320円（本体1,200円＋税10%）　978-4-8156-2306-7
ツギクルブックス
https://books.tugikuru.jp/

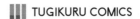

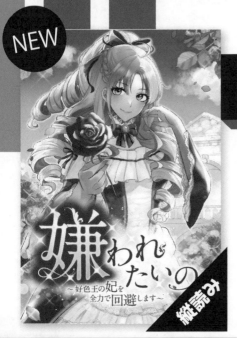

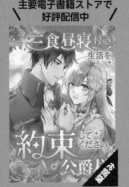

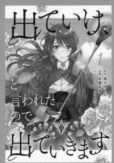

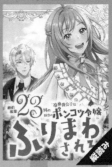